Que tipo de homem escreve
uma história de amor?

Luciana Pessanha

Que tipo de homem escreve uma história de amor?

Copyright © 2015 *by* Luciana Pessanha

Direitos desta edição reservados à
EDITORA ROCCO LTDA.
Av. Presidente Wilson, 231 – 8º andar
20030-021 – Rio de Janeiro – RJ
Tel.: (21) 3525-2000 – Fax: (21) 3525-2001
rocco@rocco.com.br
www.rocco.com.br

Printed in Brazil/Impresso no Brasil

CIP-Brasil. Catalogação na fonte.
Sindicato Nacional dos Editores de Livros, RJ.

P565q   Pessanha, Luciana
          Que tipo de homem escreve uma história de amor? / Luciana Pessanha. – 1ª edição – Rio de Janeiro: Rocco, 2015.

          ISBN 978-85-325-2969-5

          1. Romance brasileiro. I. Título.

14-17729   CDD-869.93
                               CDU-821.134.3(81)-3

Para Radek.

Não quero ter a terrível limitação de quem vive apenas do que é passível de fazer sentido. Eu não: quero é uma verdade inventada.

O que te direi? te direi instantes.

Clarice Lispector

O escuro e o silêncio o rodeavam.

Mas de lá debaixo chegava até ele, abafado e embalador, o doce e trivial compasso ternário da vida.

Thomas Mann

Em seu trabalho, de fato, o biógrafo se assemelha a um arrombador profissional que invade uma casa, revira as gavetas que possam conter joias ou dinheiro e finalmente foge, exibindo em triunfo o produto de sua pilhagem.

Janet Malcolm

No meio do sono foi violentada por um pensamento.
Acordou exaltada, mas não anotou.
Achou que era tão claro, tão óbvio,
tão parte da sua carne, que se lembraria no dia seguinte.
No dia seguinte, o branco do papel era o mesmo da sua mente.
O pensamento não estava em lugar nenhum.
Ficou no romance que ela guarda entre as pálpebras.

24/08/2002

Quando você começar a ler este livro, eu já estarei morto.

Sei que é rodrigueano começar uma história assim, mas é fato: quando você abrir esta página numa livraria ou no sofá da sua casa, não estarei mais no reino dos vivos – o que talvez faça com que este livro seja um estouro de vendas, já que o mercado adora histórias tristíssimas baseadas em fatos reais. De qualquer forma, não se culpe por sua morbidez. Foi uma escolha consciente, tranquila e deve ser celebrada.

Minha morte acontecerá pouco antes do lançamento. A mulher que mais amo no mundo, a única que amei de verdade, a musa que habitou meus sonhos a vida toda, vai me matar.

Ou talvez a outra.

Ou talvez eu mesmo me mate.

Não importa. A questão é que não estarei mais aqui – o que me privará de tornar reais todas as entrevistas imaginárias que já dei ao Edney Silvestre, à Marília Gabriela, ao Jô Soares. Acho injusto não poder aproveitar a glória com que sempre sonhei. Mas quem disse que a vida é justa?

A história que vou contar começa no início dos anos 1980. No entanto, decidi pular os *mullets*, The Police, Joy Division, New Order, Echo & The Bunnymen, The Cure, The Smiths, Blitz, Barão Vermelho, Lobão e as mulheres de ombreiras, para cair, vinte anos depois, no dia em que parei de fugir do meu destino e resolvi virar escritor.

O ano era 2005, e eu, jornalista de uma emissora de televisão de audiência insatisfatória, 34 anos, relativamente bem remunerado e profundamente infeliz. Para você ter uma ideia, até julho daquele ano eu já havia noticiado o mensalão e o esquema de Marcos Valério; a prisão do filho do Pelé, suspeito de tráfico de drogas; a posse de George W. Bush em seu segundo mandato; o tsunami; a absolvição de Michael Jackson nas dez acusações das quais se defendia num tribunal nos EUA; o fim da parceria Gustavo Kuerten e Larri Passos, seu treinador; o casamento de Ronaldo Fenômeno e Daniella Cicarelli; a excelente colheita dos vinhos do Dão – meu único jabá do ano; as mortes de João Paulo II, Susan Sontag, Dona Benta, Bezerra da Silva, Arthur Miller e da freira Dorothy Stang; e já tinha ouvido algumas dezenas de frases como a seguinte pérola do então deputado do Partido Progressista, Severino Cavalcanti: "Prefiro o Ministério da Fazenda, que é pra gente tomar conta logo de tudo."

Como você pode imaginar, eu já estava pela tampa.

A gota d'água veio mesmo em julho, quando, indignado, tive que anunciar, ao vivo, na bancada do jornal da madrugada, onde fazia *stand in* naquela edição, que o São Paulo tinha vencido por quatro a zero o Atlético Paranaense, vitória que o fazia campeão da Libertadores da América e o levaria a disputar o mundial interclubes no Japão, em dezembro. Um verdadeiro acinte para um flamenguista de raiz – o que era o meu caso.

Ao que tudo indica, pelo menos foi o que ficou registrado no memorando da direção do departamento de jornalismo da emissora, eu perdi a isenção e, "visivelmente alterado", não pude manter a imparcialidade – exigência básica do bom jornalismo. Isso para não citar "a inadmissível contrariedade" ou "a expressão de desdém" até chegar à "ausência total de profissionalismo", que finalizava o documento.

Depois dessa espinafrada, que rodou como um carrossel nos corredores da emissora, as coisas ficaram pretas para o meu lado. Nada que uma geladeira de alguns meses não tivesse contornado, não fosse o meu chefe um são-paulino doente, que não aceitou muito bem o – desta vez inteiramente alterado – "Fodam-se vocês e esse timeco de mauricinhos" que mandei ao ler a tal circular.

Resultado: cartão vermelho. Demissão por justa causa. Fui expulso de campo sob vaias da torcida.

Não que eu andasse mostrando os buracos da cidade na maior boa vontade ou que conversasse com o Rei Momo passando a maravilhosa energia do Carnaval ou que lesse as notícias sobre política no *teleprompter* sem uma expressão indubitável de déjà-vu. A verdade é que eu não aguentava mais a realidade. Mas me botar na rua por causa do São Paulo?, puta que os pariu! A vida é realmente injusta.

Fodam-se, pensei. Vou finalmente escrever o meu livro.

Naquele mesmo dia, no café em frente à emissora, minha namorada, a Garota do Tempo do jornal da madrugada, decidiu que a nossa relação não estava indo para lugar nenhum e me dispensou. Não precisei de mais de três minutos para entender que o que "não estava indo para lugar nenhum", na nossa relação, era o meu futuro como provedor.

– Eu queria me casar com o editor do jornal! Meu sonho era sentar ao seu lado naquela bancada, toda noite. Nós dois, os representantes da verdade, batendo a audiência do casal da concorrência, um feito inédito na história do telejornalismo. E agora você me vem com essa de escritor? Você só pode estar variando! Aonde é que você acha que vai, sendo escritor? Eu lá sou mulher de homem pobre, neurótico e fumante? Ah, não!

– Bia, eu parei de fumar! – repliquei.

– Problema seu!

E foi-se embora. Melhor assim. Se era para ser livre, que eu fosse totalmente desimpedido.

O único problema é que a liberdade é cara. E bem cara. Sem o fundo de garantia, meus rendimentos, que se reduziram a zero, deixaram de combinar com a vida yuppie de jornalista relativamente bem remunerado e profundamente infeliz que eu levava. Ou seja: se continuasse pagando o aluguel do apartamento de três quartos na Lagoa com vista para o Cristo e dirigindo meu Ford Ecosport 2004 que seria quitado em vinte e cinco meses, a verba para me dedicar à escrita do meu primeiro romance duraria a eternidade de cinquenta e seis dias. Não sendo eu um Nelson Rodrigues, menos de dois meses é muito pouco tempo. Principalmente para alguém que acalentava esse sonho havia, pelo menos, dez anos.

Não sei se acredito em sincronicidade, em Goethe ou em Paulo Coelho, mas o fato é que, segundos depois de me dar conta de que meus dias de escritor estavam contados antes mesmo de começarem, o mundo começou a conspirar a meu favor. E o telefone tocou.

– Ana? Não acredito que é você!

Nessa época, Ana já havia desaparecido do Rio há quase um ano, num surto de escapismo que a fez abandonar o projeto de também se tornar escritora, além de um apartamento bem razoável no Jardim Botânico. E não é que, depois de dois meses sem dar notícias, era ela do outro lado da linha, do outro lado do mundo, do outro lado da sorte?

– Eu é que não acredito em você, Daniel. Largar tudo pra virar escritor? Ficou louco?

– Como você descobriu?

– Tenho minhas fontes.

– Quem?

– Como é que você faz uma besteira dessas?

– Tá falando de quê? De mandar eles se foderem, de ficar sem emprego, de finalmente parar pra escrever um livro ou o quê?

– Porra, Daniel, de tudo!

Nunca admirei a capacidade de Ana de não deixar barato.

– Olha quem fala – retruquei.

– Te falo de cadeira: largar emprego pra ser escritor é uma bobagem do século XIX. Romantismo decadente. É ridículo. Ninguém mais quer ler livro. Muito menos escrever. É difícil, chato, dói e não serve pra nada. Se tava de saco cheio, por que não inventou um programa de aventura ou se candidatou a editor de um programa de esporte?

– Porque não aguento mais ser imparcial. Eu quero me comprometer.

– Então por que não propôs uma mesa-redonda de futebol? Você podia defender o Flamengo, dizer que o videoteipe é burro, xingar o juiz ou, sei lá, vai ser apresentador de reality show!

– Ana, vá se foder.

– Como é que você vai fazer?

– Não sei. Vou entregar o apartamento e mudar pra uma pensão em Santa Teresa.

– Ah, tá, agora você vai ter ambições do século XIX e levar uma vida dos anos 1970.

– Junto com você, que resolveu ser heroína de *road movie*.

– Pelo menos pra isso ainda tem público.

Resolvi não responder. Ficamos em silêncio, o vazio entre os dois lados da linha. Um silêncio que nos era antigo conhecido, de quando, resignados em concordar em discordar, ainda assim, meio putos um com o outro, escolhíamos calar juntos.

– Quer ficar lá em casa? – ela disparou. – Você só precisa pagar as contas e o condomínio, que é baratinho. Mas as minhas coisas estão lá e não vão sair.

– Quando você volta?

– Daqui a um ano, dois, dez, nunca. Vai demorar. Pode ficar tranquilo que vai dar tempo de você escrever o seu livro.

Foi assim que tudo o que eu tinha foi parar num guarda-móveis e acabei num apartamento com paredes cor-de-rosa e azuis, pufe vermelho, entupido de almofadas coloridas e vestidos no guarda-roupa, cercado de fotos estranhas, como se tivesse entrado inteiro dentro de uma mulher.

Não fosse eu um idiota, teria percebido que essa história não poderia dar certo.

Primeiro de agosto. Dia inaugural da minha reinvenção. Não teve banda de música como deveria ter havido, fosse eu um supermercado.

Entrei no apartamento da Ana, larguei a mala na sala, fui direto para o escritório, abri meu laptop e sentei para escrever. Cadeira na frente do computador, óculos na cara e bermudão – ah, o bermudão!, a vida inteira quis usar bermudão como uniforme. Agora ia ser assim. Dali para a frente eu seria aquele cara de bermudão que acorda tarde, toma um café e senta para escrever, direto, sem dúvidas e, principalmente, sem nenhum mané me cobrando, pressionando, dirigindo, interditando. Agora éramos só eu e a minha vontade.

Depois de tantos anos fantasiando com esse dia, ele finalmente chegara. E, com ele, a questão: escrever sobre o quê?

Minha mente estava tão cheia de desejos armazenados ao longo da vida, que mais parecia um quebra-cabeça quando você abre a caixa e joga em cima da mesa. Centenas de peças a meu dispor, cada uma um fio de história. Só que agora elas não pertenciam a um entrevistado, que podia reclamar, protestar, abrir um processo contra mim por se sentir exposto ou manipulado, caso eu resolvesse dar asas à minha imaginação. Também não seriam propriedade de um jornal, uma televisão, uma corporação. Dessa vez as histórias eram minhas e eu ia poder dar a elas o rumo que quisesse.

Estava eu ali, sentado, livre, cheio de aventuras por contar, e com todo o tempo do mundo, era só começar.

Então...

Então olhei para a tela em branco e nada.

Durante todos esses anos, sempre pensei no ato: eu na frente do computador, de bermudão, sentando o pau no teclado, sem compromisso, escrevendo tudo o que sempre quis dizer. Mas agora, na frente do computador, de bermudão, sem nenhum mané me interditando, o que eu queria dizer?

Qual seria a primeira peça do quebra-cabeça a se juntar a outra para começar a formar uma paisagem? E que paisagem seria essa?

Nunca pensei sobre o que gostaria de dizer, só que queria escrever. Ou melhor, ser escritor. Um Sam Shepard, um Borges, um García Márquez, um Bukowski, um Galeano, definitivamente um John Fante. Nomes. Queria ser um outro – interessante, genial, terrível. Mas assunto mesmo...

Não importa. O assunto viria. "A inspiração que me pegue trabalhando", dizia Picasso. Bastava achar um fio e começar. O resto seria consequência.

Eu estava em pleno processo de metamorfose de um insatisfeito crônico para um cara livre, de bermudão, sem censura, assombrando o mundo com minha escrita, diretamente do Jardim Botânico, Rio de Janeiro, Brasil. Com vocês, Daniel Teixeira.

Primeiro passo: eu ia ter que trocar de nome, com certeza. Daniel Teixeira é como Endre Friedmann. Melhor ser Robert Capa.

Pensei em escrever sobre minhas memórias de jornalista. Mas o quê? Nesse país em que as manchetes giram numa ciranda tediosa e randômica, qual escândalo que não pude dar na TV ainda interessaria a alguém, se não interessava nem a mim? Não eram todos os escândalos o mesmo, apenas com uma mudança ou outra de protagonista?

Definitivamente, não era isso.

Então, o quê?

Nesse instante começou um barulho de serra elétrica no prédio ao lado. Foda-se, pensei.

Quatro e meia da tarde. Já tinha passado por todos os escândalos dos últimos dez anos; pelos bastidores do jornalismo na TV; pela minha avó que veio da Polônia ainda menina, quando o pai dela foi assassinado por um zepelim; pelo meu pai fundando a banda de Ipanema; pela fazenda do meu outro avô no Leblon, muito antes de eu nascer. Já tinha me mudado para Berlim para escrever sobre o muro que ainda existe, na divisão entre as pessoas que não se adaptaram esteticamente à união; para a Rússia que virou um Brasilzão corrupto; para o Iraque... Nada me empolgou.

Todo mundo já leu muito sobre escritores que têm bloqueios. Mas no primeiro livro? Na primeira página do primeiro capítulo? Não poderia ser mais patético.

Lembrei de Enrique Vila-Matas, que, num bloqueio criativo, escreveu *Bartleby e companhia*, sobre bloqueios criativos de autores, e virou uma estrela do mundo literário. Resolvi dar uma olhada. Fui até a livraria da Travessa, no Centro, para gastar mais tempo, já que agora eu o tinha de sobra.

Para começar, achei que deveria ler o *Bartleby*, de Melville. Senão, como entenderia o outro?

Em frente ao caixa, na capciosa pilha de compras por impulso, como se fosse um chiclete ou um barbeador no supermercado, dei de cara com algo que me pareceu um socorro de emergência: *The Writer's Block*. O livro tem centenas de páginas com sugestões de assuntos para a escrita, do tipo: "Escreva sobre tatuagem" ou "Invente um personagem que ganhou setenta e seis milhões na loteria" ou "Um jogo".

Fiquei empolgado. Em casa, escrevi sobre o maior risco que já corri; meu brinquedo preferido na infância; um casamento em que o noivo muda de ideia; meu primeiro encontro com uma celebridade; um tempo perdido; um decote; mágica; um fósforo; uma espera...

Uma semana depois, joguei tudo no lixo.

E comecei a me desesperar.

Se era para escrever bobagem, eu podia seguir fazendo o que fazia, ganhando a grana que ganhava, vivendo a vida que vivia como jornalista infeliz de televisão. Resolvi que queria escrever sobre algo que me movesse, me fizesse pensar, me apaixonasse, me obrigasse a rever conceitos, me transformasse em outra pessoa.

Não era essa a proposta desde o início?

Me joguei no futebol.

Além da pelada tradicional, passei a frequentar mais duas e a assistir pela TV a todos os jogos ao redor do mundo. Sempre acompanhado de uma loura – gelada, uma vez que, em termos de mulher, prefiro as morenas. E também porque, para as morenas, eu andava invisível. Em menos de um mês fora da tela da televisão, meu magnetismo animal se tornou o mesmo de um camundongo. Menor, já que os ratos provocam gritinhos histéricos, e eu...

A situação, então, era essa: ex-tigrão, durão, centroavante fodão, flamenguista doente, invisível para as morenas, me entregando às louras geladas, de bermudão e sem escrever uma linha que prestasse.

Mas isso era só o começo.

Os primeiros escritos não eram escritos. Ou, se eram – porque afinal de contas tinham umas letras que formavam palavras que formavam frases que formavam parágrafos –, não passavam de choramingância de adolescente babão, assim:

"Onde eu estava com a cabeça quando imaginei que podia ser capaz de escrever um livro? Quem disse que um jornalista de TV, um otário engravatado de cabelo pastinha que mostra engarrafamentos na cidade, seria capaz de articular dois parágrafos, um depois do outro?

"Só porque tenho uma cabeça que nunca está onde deveria, quem disse que isso faria de mim um escritor e não um neurótico standard? Será que não me ocorreu que eu precisava de outros dotes para escrever um livro, além da incapacidade de me adaptar ao que quer que seja? Agora, desempregado, duro, de bermudão, sentado na frente de um computador ultradesign, num apartamento emprestado, sem ter o que dizer, o que é que eu faço?"

Voltei a fumar.
Escrevi sobre isso. Indigno de nota.
Dias e dias de nada. Ana ligava de vez em quando, com notícias bizarras, e ainda me sacaneava, a piranha, descrevendo as paisagens das janelas dos lugares exóticos onde resolveu se meter, sem revelar com quem. A mulher é intragável. Se decidiu que não queria mais ser escritora, para que manter essa ficçãozinha barata na minha cabeça?
Peguei um frila imbecil que ocupou minha cabeça e bolsos por algum tempo.
Voltei ao nada.
O futebol se intensificou. Estava quase virando um atleta, não fosse o tradicional chope pós-partida.
Dias e dias sem produzir sequer um parágrafo decente, o apartamento incapaz de dar contorno à ansiedade que não parava de crescer e se manifestava em caminhadas obsessivas do escritório para a sala, para o quarto, para a cozinha, para a janela, o cinzeiro enchendo de guimbas e esvaziando, enchendo e esvaziando, enchendo e...
Escrever sobre o quê? Era a pergunta que girava feito bailarina bêbada na minha cabeça, sem resposta.
Até que, debaixo do chuveiro, esse *Museion* onde se escondem as musas pós-modernas, tataranetas de Zeus, me veio a ideia: se minha imaginação não me oferece uma maldita aventura para escrever, e se minha vida pregressa não me interessa em nada, o que me resta é inventar uma nova, para que eu tenha alguma existência real, mísera que seja, sobre a qual ficcionar. Não serei o primeiro nem o último escritor a sair vivendo sem critério por aí, semeando o caos para colher... para colher... Colher o quê? Um poema,

um conto, um romance? Não importa. Vou agarrar qualquer coisa que renda as páginas que não consigo arrancar de mim.
    E seja o que Zeus quiser.

Comecei a nova vida real no mundo virtual. Decidi exercitar minha verve literária em salas de chats de sexo.

Caiu na rede, é personagem. Dali para a frente ia ser assim.

Isabella33, meu pseudônimo, marcou um encontro com Roque motoqueiro. Não resisti a esse nome. Qualquer um que invente um pseudônimo desses há de render alguma ficção.

Cheguei cedo à praça de alimentação do BarraShopping, louco para ver a cara do louro alto, que praticava jet ski, fazia enduro em Teresópolis e viria de jaqueta de couro com calça branca. "Não tem como errar", ele prometeu. Não duvidei.

Já o pobre Roque motoqueiro devia estar ansioso por encontrar a morena magra, um metro e setenta e dois, seios tipo melão, vendedora da Cantão.

Na hora exata em que marcamos, chegou um cara, capacete na mão, jaqueta e, como as pessoas mentem na internet!, um barrigão que o couro mal conseguia conter. Verdade seja dita: em algum lugar do mundo, aquele cara devia mandar muito. Porque ele tinha atitude. Foi logo sentando, marrento, olhando pros lados, dono do pedaço.

Roque motoqueiro estava para jogo, porque a primeira coisa que fez foi dar uma encarada numa loura de roupa de ginástica que passou tomando sorvete. Pobre Isabella33, estava prestes a se meter com um galinha.

Foi divertido ver a marra de Roque motoqueiro minguando, a autoconfiança indo embora, na medida em que o tempo passava e Isabella33 não chegava. O corpo de Roque era eloquente. Esmorecia, envergava os ombros, baixava a cabeça. Mas uma voz guerreira dentro dele devia dizer: "Ela vem, você é foda", e a postura de selvagem da motocicleta voltava. Esses movimentos de contração e expansão, quase imperceptíveis a princípio, foram se tornando cada vez mais profundos. Até que, derrotado, ele começou a olhar para todos os lados como se estivesse sendo perseguido, ombros caídos e, por fim, o coitado enfiou o indicador na boca e começou a roer a unha.

O tempo todo, confesso, senti um nervosismo estranho, como se a qualquer momento Roque motoqueiro pudesse perceber a minha presença na mesa do outro lado da praça de alimentação e atravessasse correndo, feliz ao me ver, gritando: "Isabella33!" Como se fosse possível ver dentro de mim a moça quente e fácil que tinha dado a entender que sairia de lá com ele na garupa da moto, cabelos ao vento, para onde o impulso os levasse.

Mas como isso seria possível? Como Roque reconheceria num desocupado de 34 anos, sentado numa praça de alimentação, a gostosona que o fez sair de casa com aquela fantasia de motoqueiro, achando que ia comer alguém num motel da Barra da Tijuca?

Nessa hora, quem teve vontade de roer a unha do indicador fui eu. Porque, se é verdade que o medo pode ser um desejo enrustido, achar que eu poderia ser reconhecido como Isabella33 significava o quê? Que eu estava enlouquecendo, é claro. E precisava dar um basta naquilo urgentemente. Arrumar ficção pela rua, tudo bem. Mas lidar com o desejo de sair de moto, cabelos ao vento, para ir a um motel na Barra da Tijuca com um homem que se intitulava Roque motoqueiro, eu não me permitiria. Não mesmo!

Tudo bem que eu estava num esforço hercúleo de me tornar escritor, mas porra... Tem coisa que não dá. Fantasia tem limite. Com que cara eu ia chegar na pelada no dia seguinte? Eu sei que o Chico Buarque manda geral uma mulherzinha nas músicas dele, na primeira pessoa, e bate um bolão, além de passar o rodo. Mas isso é problema dele. Eu é que não ia fazer uma coisa dessas, nem que...

Só nesse momento me dei conta de que eu não tinha um plano. Armei aquele circo todo, o cara estava lá esperando Isabella33 e... Aonde eu pretendia chegar com isso?

Estava provado que eu podia escrever como uma mulher, ou Roque motoqueiro não estaria ali – constatação que muito me envaideceu. Embora minha escrita feminina fosse tão agressiva que só um otário da internet poderia achar que uma mulher daria assim tão fácil para ele. Não importava. Canalha ou não, eu tinha convencido como mulher, e isso era muito bom. Mas e agora? Pensei em ir até lá e dar um conselho para o meu potencial personagem: "Presta atenção, babaca, tanta mulher gostosa tomando sorvete no shopping e você tentando pegar maluca na internet?" Como se quisesse romper o limite entre real e ficção. Mas se Roque percebesse que por trás de Isabella33 havia na verdade um Daniel Teixeira, o máximo que eu conseguiria era tomar um soco na cara e começar uma porrada no meio do shopping. Confesso que, na hora, não me ocorreu olhar para ele e escrever, num guardanapo de lanchonete, o solilóquio do motoqueiro abandonado.

Resolvi, então, fingir que tomei um bolo, pedir para sentar com ele e começar um papo de corno, para ver o que um cara desses diria a um desconhecido, enquanto ia perdendo as esperanças de se encontrar com a gostosa da internet.

Levantei-me e fui em direção a Roque motoqueiro.

Quando estava quase chegando à sua mesa, ele se ergueu determinado. Será que estava reconhecendo em mim a Isabella33? Um frio me subiu pela espinha.

Não, não estava. Roque motoqueiro tinha ficado de saco cheio de esperar a morena, seios tipo melão, vendedora da Cantão. Pegou o capacete, virou-se em direção à saída e partiu, puto. Quarenta e oito minutos de atraso e o prazo de Isabella33 tinha acabado.

Fiquei perdido na praça de alimentação do BarraShopping, sem Roque motoqueiro, sem história e sem ação.

Uma palhaçada tinha sido a minha primeira tentativa de inventar uma vida para narrar. Tanto no real quanto na ficção, não se pode contar só com a sorte, caro leitor. É preciso uma boa estratégia, agilidade e um mínimo de capacidade de improviso, para não se perder na sucessão dos fatos. E, por favor, não venha me lembrar que um jornalista deveria saber dessas coisas, porque eu já tenho problemas demais.

Isabella33 morreu. Decidi então me manter fiel ao meu gênero. Escrever como mulher, ao menos na internet, não ia me levar a nada.

Segui teclando como homem, mas adotei o pseudônimo Roque motoqueiro (não resisti à ironia).

Descobri que o nível do que se oferece nesses chats é muito baixo e já estava quase desistindo da empreitada virtual quando Lolla22 apareceu.

Por que será que os nomes com letras duplicadas, tipo: Hanna, Johnny, Billy, Kitty... são mais sexy do que os outros?

Gostei do texto de Lolla22 – um estilo direto, simples, sem metáforas. Já ela ignorou solenemente o assédio de Roque motoqueiro. Resolvi então abrir mão do avatar motorizado e aparecer como Daniel69. Bombou.

Lolla22 se apresentou como advogada, morena, alta, seios manga, que entendia tudo de sacanagem, mas não tinha orgasmos. Sua escrita era bem direta.

"Como assim não tem orgasmos, com esse repertório de putaria que você tem?", digitei, muito intrigado.

"Não sei. As coisas começam muito bem, eu gosto de tudo, mas na hora H, nada."

"Nada?", frisei. Ela fez uma pausa muito dramática, e digitou:

"Nada."

"E o que você faz, finge?"

Lolla22 saiu do ar.

Voltou dois dias depois:

"Saudades de você, Daniel69. Podemos continuar só teclando sacanagem? Eu entro nesse chat pra transar online, e não pra bater papo cabeça. Esse assunto de orgasmo é muito delicado pra mim."

Mais uma vez o estilo claro, sincero, sem rodeios.

"Podemos, ora", respondi de imediato.

Afinal, o que mais eu tinha para fazer?

Nunca nos vimos pelo Skype. Lolla22, assim como Ana, não gostava de câmeras. Ela disse que queria me conhecer melhor, antes de aparecer para mim.

Feia, pensei, sem me importar muito. Eu não estava buscando uma namorada na internet.

Em poucos dias, a coisa evoluiu para telefonemas quentíssimos. Sempre achei esse negócio de sexo por telefone meio ridículo. Se você não está vendo a mulher, escrever sacanagem é bem mais interessante. Mas não é que Lolla22 era uma gostosa por telefone?

Quando me peguei me masturbando com ela, pela segunda vez no mesmo dia, resolvi dar um basta naquilo: "Ou bem a gente se encontra e fode, ou vaza. Não tô a fim dessa parada telefônica", eu disse, duro, como estava o Animal, meu pau, naquela hora. Meu negócio agora era presença física. Já bastava Ana me azucrinando pelo telefone.

No primeiro encontro eu já sabia as preferências sexuais de Lolla22 de cor e salteado; e ela, as minhas.

A coisa boa desse negócio de sexo na internet é que os contratos são muito bem-feitos. Não existe a possibilidade de um "Aqui, não!", uma vez que todos os tópicos são abordados previamente, via teclado. É claro que todo mundo mente, não resta dúvida, mas não nos arranjos preliminares à foda. Nesse quesito, a corte digital é 100% profissional.

As possibilidades de chabu estão em outro terreno: aparecer um cidadão para curtir com a sua cara no primeiro encontro, como eu mesmo fiz com Roque motoqueiro; se aboletar na cadeira em frente a sua uma gordinha que se fazia passar por *playmate* no chat; alguém com sérios problemas de acne ou com um cheiro intolerável. É fato: mulheres que estão no topo da cadeia alimentar, como a Angelina Jolie, não precisam arrumar fodas em sites de relacionamento. A menos que sejam muito delicadas para se expor à batalha inglória de um bar ou boate – sonho dos sonhos. Era nessa aposta – a tímida idílica – que eu jogava todas as minhas fichas. Mesmo sabendo que as minhas chances eram menores do que as de levar o prêmio acumulado da Mega-Sena.

Eu estava preparado para o desafio de fazer uma recatada, ou mesmo uma frígida, gozar – o que era, sem dúvida, a parte mais instigante da história. Sempre gostei de um jogo difícil.

Lolla22 apareceu meia hora atrasada no Caroline Café, vestida num terninho que chegou a me apavorar. Pensei logo: ou bem eu jogo essa advogada na categoria fetiche e me imagino comendo ela num tribunal, ou não vai dar para encarar. Não tem nada mais brochante do que esperar uma Lolla22 de minissaia e aparecer uma de terninho.

Para não ter problemas, comecei a imaginar o garçom de bata preta, peruca branca de cabelos ondulados e martelo na mão, gritando: "Ordem no tribunal!"

Lolla22 não era ruim. Cabelos quase louros na altura dos ombros, longe de parecer um picolé com dois palitos, ela tinha carne nos quadris, nas coxas, e uma voz meio grave – detalhe que muito me agradou. Ao contrário do que imaginei, era bem expansiva.

Um bom desafio: fazer essa mulher gozar em frente a um júri 100% contra a minha causa.

Na noite do primeiro encontro com Lolla22 – que não rendeu mais do que um frango ao curry, uma conversa apimentada e a promessa de muito sexo assim que ela se sentisse confortável comigo –, tive um sonho. Mais um, entre muitos. O meu sonho recorrente. Eu e Ana. Numa praia. Ela corria de um lado para o outro no mar, livre como uma criança, de topless, um cachorro pulava contente em torno dela, enquanto eu tocava piano na varanda de um bar abandonado.

Não, eu não toco piano. E, sim, sou um roteirista de sonhos de viado. Mas nada disso importa.

Remancheei o quanto pude, fingindo para mim mesmo não ter inspiração, até entender que queria mesmo escrever sobre Ana. Que outro assunto me consumiu tantas noites maldormidas, punhetas, me deu tanto prazer e tanto ódio?

Não havia mais nada digno de nota na vida cretina que eu estava levando, a não ser ela. Que se danem os chats de sacanagem, as Lollas22, Isabellas33 e o caralho a quatro. Estava decidido. Que diferença faria dedicar mais cinco, seis horas do meu dia fazendo o que sempre fiz: pensar nela? Só que agora eu teria um objetivo: iria usá-la, a sangue-frio.

E foi assim que, finalmente de posse de um assunto que me movia, me deparei com um segundo problema ainda mais complicado do que o primeiro: não basta ter um assunto para escrever um livro, caro leitor. Você precisa de fato escrevê-lo.

A bateção de cabeça começou:
Como me aproximar dessa mulher?
Como me apropriar da Ana?

Minha protagonista tem uma estranha obsessão, uma espécie de patologia que faz com que a todo momento queira saber quem é, o que quer, e esteja em tentativa permanente de controle frenético sobre si mesma.

O mais curioso é que, quanto mais insiste em saber quem é e o que quer, menos sucesso tem. No mais íntimo dela, há sempre uma voz que não consente – o que faz com que esteja sempre no limiar do encontro, e, ao mesmo tempo, totalmente fora de si.

Essa neurose a manteve presa a camas, livros, divãs por quase toda a sua vida – o anticlímax da heroína.

Até que...

Nem só de ficção vive um homem. Amor platônico é muito bonito na literatura, mas causa incômodo físico, e eu ainda sou de carne e osso.

Lolla22 ligou e lá fui eu em busca de alguma existência carnal fora do futebol, do chope e de olhar feito um aparvalhado para a tela do computador, na tentativa de apreender a musa fugitiva, avançando na ficção como cágado sob o efeito de algum ácido lisérgico.

A advogada frígida me fez amargar três encontros regados a champanhe, um jantar na Barra da Tijuca e dois amassos no carro, até aceitar ir a um motel. Tentei de todas as formas convencê-la a uma foda caseira, porque estava duro, mas...

– Na sua casa, nem pensar. E muito menos na minha – ela disse.

Esse pessoal de internet tem códigos de segurança bem estabelecidos. Minhas causas sempre perdiam nos julgamentos dela.

A mulher variava pouco de terninho. Tive que exercitar muito a criatividade para sublimar meu horror por aquelas roupas de secretária do Centro da cidade e focar no fórum, no júri, nas testemunhas, e eu comendo ela por trás, enquanto o juiz pedia: "Ordem no tribunal!"

Enchemos a cara no dia da nossa primeira ida ao motel. Depois que Lolla22 ficou nua, pude esquecer a lei e me concentrar em seu corpo, que era um pouco cheio, mas socado, sem ser mole. Gostei dos peitos, bastante. Agora era dar tudo de mim, fazer gol e correr para o abraço.

Fiz a via crucis clássica: horas concentrado no peito lambendo e mordiscando de leve, barriguinha, coxinha, chegando perto, chegando perto, vendo ela ficar ansiosa, desesperada e caindo de boca. Fiquei horas trabalhando a pequena área de Lolla22, como se não existisse amanhã, ou câimbra na língua. Quando, de repente, fui surpreendido por contrações pélvicas.

– Você gozou?!
– Sim – disse Lolla22 com uma cara beatífica.
– Assim, tão fácil?
– É.

Me achei foda.

– Sabe, com sexo oral eu até consigo, muuuuuiiiiito raramente. Na penetração é que não rola.

OK. Rebate falso. O lutador se reergueu com energia renovada.

Ia começar o segundo round.

Você, leitor, pode argumentar que existem romances cuja trama é o autoconhecimento, cheios de pistas e pequenas descobertas, viagens pelo mundo, pessoas com quem se cruza no caminho e que são como peças num quebra-cabeça que se completa com a epifania final. É um clichê que vai das histórias infantis à Zaratustra. Concordo. Mas uma heroína que não sabe que é heroína, se recusa a escrever sequer um e-mail ("Só faltava essa, a gente entrar numa de romance epistolar e ficar caprichando nos e-mails um pro outro"), não tem Skype, não dá coordenadas do seu paradeiro e só telefona quando quer é a tortura de qualquer narrador.

Impossível costurar os vazios. Os fatos não se encaixam. O que deu na cabeça de uma mulher, paralisada durante anos, para, de repente, sair pelo mundo sem rumo, ao sabor do vento?

Não sei ficcionar. Não encontro nem dentro nem fora de mim uma motivação que justifique sua partida. Não conheço a Ana que fez desabrochar essa nova, não consigo visualizá-la.

A protagonista paradona, obcecada por si mesma, é tudo o que tenho. Venho observando-a há anos. Talvez pelo fascínio provocado por alguém que se recusa sistematicamente a entrar na vida e fica querendo inventá-la, de dentro para fora.

E, de repente, a menina dos meus olhos vira outra. Inverte expectativas e foge para o mundo, cheia de si e desamparada.

Talvez seja a loucura dela o que me atrai. Talvez seja, eu também, um obsessivo.

— **Daqui da janela eu vejo o parque.**
— O Central Park?
— Não, Daniel! Que mania de querer saber onde eu tô! Você não é escritor? Usa a imaginação. Vou dar uma dica: tem planos, vários, tudo gótico-colorido.
— Parque Güell?
— No dia em que cheguei aqui, não tinha jeito de encontrar o cara que ia me alugar o apartamento. Teve uma inversão térmica, chovia a cântaros. Eu, que vim preparada pra primavera, dei com um grau abaixo de zero. E o cara não atendia o telefone. A sorte é que eu tinha socorrido uma mulher que estava perdida no aeroporto, sem conseguir achar a esteira pra pegar a mala.
— Onde você tá, Ana?
— Ela veio pra um congresso do terceiro setor. Quando me viu desesperada ao telefone, sem conseguir achar o meu novo senhorio, convidou pra ir ao hotel onde estava hospedada. Você acredita que ainda tem gente assim? Eu podia estar dando o maior truque! Só uma pessoa do terceiro setor poderia ser tão boa. Quando achei o cara, já tava meio panicada. Ele me trouxe até o apartamento, explicou como as coisas funcionavam e foi embora. Me vi sozinha, num sabadão, em outro país, sem conhecer ninguém, congelada de frio e de medo.
— Por que você não me ligou?
— Liguei pra minha mãe. Sabe como ela é: "Filhinha, você surta quando chega em lugares novos. Lembra da Toscana?"
— Toscana?!

– "No primeiro dia você achou que ia morrer de tédio naquele lugar seco. No dia seguinte, já queria casar com um italiano e plantar uvas. Toma um Frontalzinho e dorme." "Mas tá um frio da porra, mãe! Eu tô com duas megamalhas de lã, debaixo do cobertor, tremendo." "Cadê os franceses que moram aí?"
– Franceses?! Ana, você...
– "Pede um cobertor pra eles." "Nem conheci essa gente ainda! Eles foram viajar, voltam amanhã." "Então rouba, minha filha! Eles não vão nem notar. Amanhã você compra um pra você e devolve o deles."
– Você pegou o cobertor de uma gente que nem conhece?
– Peguei. Tomei o Frontalzinho e dormi quinze horas, com o intervalo de um xixi. Quando acordei tinha sol, já tava bem mais quente, fui tomar café da manhã na rua e passear no parque. Um velho tarado achou que eu tava ali atrás de pegação. Botei pra correr como se faz com cachorro vira-lata. Andei o dia todo pela cidade, voltei pra casa exausta e dormi.

Você, que é um leitor culto, que já passeou por *Paixão segundo G.H.*, deve estar pensando: "Personagem de livro não precisa fazer nada. O livro inteiro pode ser uma digressão, um mergulho em seu mundo interior, um único fio de pensamento, sem vírgulas, pontos ou parágrafos, da primeira à última linha.

Todo mundo sabe que só no cinema a personagem é aquilo que diz ou faz. Logo, precisa se movimentar ação após ação, falando feito um papagaio, vagando inconsciente, cena após cena, fazendo coisas para mostrar quem é.

Na literatura, para a felicidade de escritores e leitores, a personagem pode ser, única e simplesmente, o que pensa. Uma Ana personagem de livro não é como uma Ana de cinema. Ela pode ser vaga, indefinida, multifacetada, incoerente.

Você tem razão na sua argumentação, caro leitor. Vou ter que dormir com essa. Sou narrador de primeiro romance. Uma espécie de terceira classe de escritor, que ainda nem pode escolher direito suas personagens e que, mesmo sabendo algumas coisinhas sobre a escrita, com frequência, elas fogem, sabe-se lá para onde.

Entre o saber e o fazer, amigo leitor, existe um abismo profundo.

Despertei no meio da noite com taquicardia.
Desamparo, miséria, indigência e falência total das capacidades reativas foram os temas da subsequente insônia.
Resolvi amanhecer com meu currículo na praça.
Eu não era feliz trabalhando como jornalista de televisão que cobria buracos e engarrafamentos. Também não seria num jornal ou numa revista. Aquilo não era nada do que eu queria, nunca tinha sido e jamais poderia ser. Mas era uma vida. Muito mais do que eu tinha naquele momento.
Um homem da minha idade não pode viver como um adolescente ou um aposentado, de bermudão, bebendo chope toda tarde com o Marcos Cunha no Joia, se achando o Bukowski do Jardim Botânico.
Escrever um livro? Eu que fosse macho e fizesse isso de madrugada, como qualquer escritor que se preza.

Excelente escritor de currículo. Isso ao menos eu era. Quem lesse a baboseira que despachei por e-mail para possíveis contratantes acreditaria que sou o Jon Lee Anderson do Jardim Botânico.

Resolvida a parte prática, e estagnada a ficcional, restava concentrar-me na frente erótica da minha existência: Lolla22.

Se ela gozava muuuuuiiiiito raramente com sexo oral, era por lá que eu ia começar para chegar ao Grã-Orgasmo Múltiplo – seja lá o que for essa porra. Isso, é claro, depois dos peitos, aos quais dedicava horas, por prazer e não por dever cívico. Mas o dever cívico também me agradava. Não que eu me atirasse com o fascínio que tinha pelos peitos. Era mais como nadar. Algumas mulheres são como o mar num dia de verão: você se atira sem pestanejar, quente ou gelado, calmo ou agitado, para sobreviver. Outras são como piscina, ou melhor, natação. Você se obriga a sair de casa num dia de chuva, vai puto, discutindo consigo mesmo o caminho inteiro: "Pra que fazer isso? Por que não ficar na cama?" Entra na água xingando tudo quanto é palavrão, as pernas pesadas como chumbo, nada uns quinze, vinte minutos consciente de cada braçada, lutando para não afundar, o fôlego faltando, até que, de repente, o cérebro oxigena, a endorfina começa a rodar na corrente sanguínea, e, quando você vê, entrou numa onda. O corpo começa a ficar leve, deslizar na água, os movimentos são contínuos, você começa a fluir. Não existe mais pensamento, só o corpo e a água, não como duas matérias distintas que não se misturam, não existe mais você e a água, os dois são uma coisa só. O prazer toma conta de tudo, não existe mais braço, perna, boca, ar que entra e sai, não existe pensamento, só movimento, movimento, movimento...

Foi quando comecei a sentir as contrações. Lolla22 tremia. Antes que ela chegasse lá, fui cruel. Recolhi a língua, corri para dentro dela e fiquei colado, mexendo de leve, com *punch*.

A mulher soltou um som grave, que vinha do peito e passava grosso pela garganta, o alívio de uma existência inteira – ou pelo menos parecia ser assim, com mulher, a gente nunca sabe ao certo.

Aquela advogada frígida ficou mole na minha mão, se desmilinguiu na minha frente, derreteu como um chocolate.

Golaço.

A punheta literária bombando, tédio pleno, o ódio ricocheteando feito bala perdida pela casa.

Apartamento de mulher é uma ratoeira. Elas têm fotos por toda parte, gavetas cheias de papéis, caixas, caixinhas, baús...

Um homem desavisado pode ser acometido de um surto de estrogênio e progesterona, esquecer sua função primordial de macho e virar uma Barbie num lugar desses.

Foi o que aconteceu comigo.

Depois de longos dias e noites sem escrever uma única linha que prestasse, meu desespero se transformou em bisbilhotice de mulherzinha.

Tudo começou com a gaveta de biquínis. Eu imaginando Ana em cada um deles, correndo de um lado para o outro no mar. Depois foi piorando. Passei para a gaveta de calcinhas – melhor nem registrar. Mas eu ainda estava longe do fundo do poço. Das calcinhas, pulei para fotos, cartas, bilhetes, e estanquei numa gaveta de cadernos. Diários. Os diários de Ana. Seus manuais de uso, decodificadores, tradutores juramentados, suas senhas. Minha esfinge particular estava ali, o tempo todo, abandonada naquela gaveta, pronta para ser decifrada.

Caralho! Eu tinha a alma dela na minha mão.

Ninguém pode imaginar o que é estar diante de uma gaveta cheia de diários de alguém que conhece – ou pensa conhecer – muito bem. Principalmente se esse alguém for uma mulher de quem você não tirou os olhos a vida toda.

Eu, que me encontrava inteiro dentro dela nesse apartamento, me vi sozinho, sem testemunhas, diante de um portal: o convite para uma nova fase do videogame.

Seria Ana escrita como é Ana na vida? Seria outra? Que mistérios guardaria? Que segredos? De repente, eu era Indiana Jones diante do Santo Graal, Ali Babá diante de Sésamo, Neo diante das pílulas coloridas.

Eles hesitariam? Eu também não.

"Welcome to the real world, Neo."

Resolvi ler os diários. Um por um.

Na terceira página do primeiro, decidi que iria roubá-los. Nesse país roubam-se carros, bicicletas, museus, bancos, caixas eletrônicos, a Previdência, o imposto de renda, o caralho a quatro. O que são algumas páginas de cadernos abandonados, diante de toda essa bandalheira?

Decidi escrever um livro antes de morrer como mais um frustrado e vou fazê-lo. Ainda que a escritura desse livro seja feita com textos roubados de outra pessoa. Foda-se.

Não tenho emprego, segurança, aposentadoria. Não tenho ideias, plots, tramas. Não tenho mais o que fazer. Nesse apartamento de mulher há um escritório com uma parede azul-miami e uma escrivaninha cheia de gavetas, repletas de caderninhos. Um tesouro de monólogos interiores. De repente, me vi rico.

O que você faria no meu lugar?

Sou uma pessoa em desespero, com um tédio filho da puta, e todos os outros et ceteras semitrágicos e autodepreciativos que você possa encontrar. Penso nela e resolvo transformá-la em musa, protagonista, heroína. Continuo sem história. Um belo dia, abro gavetas e encontro uma dúzia de cadernos quase totalmente preenchidos. Vida interior descarnada pulsando na minha frente. Um coração no espeto jogado na cara de um faminto.

O que você faria no meu lugar, amigo leitor?

É muito fácil você aí, sentado na sua poltrona, dizer que jamais faria uma coisa hedionda dessas. Pode ser que não fizesse mesmo. Mas só se não estivesse na minha pele. Se não tivesse largado tudo para escrever um livro sem ter

a menor ideia de como fazê-lo. O taxímetro da vida rodando, as contas chegando, o dinheiro na rapa do tacho...
    E se você fosse louco a ponto de pensar em se matar se desse tudo errado? O que faria no meu lugar, diante de duas gavetas cheias de caderninhos de mulher?
    Se continuar a dizer que não leria e jamais roubaria, está mentindo.

    Quem em mim faz tanto barulho?
    De onde vêm as palavras que atordoam?
    Peço a Ele que me cale.
    Meu Deus é silêncio.

02/03/1999

    A ciência colocou uma lente nos óculos de um homem projetando imagens de cabeça para baixo
na retina.
    O cérebro do homem as reverteu.
    E tudo voltou ao seu devido lugar.
    Manobra ousada para um mundo de pé
ele fez sozinho.
    Se ao menos o desequilíbrio prevalecesse,
    Se o homem continuasse caindo...

04/03/1999

Lolla22 marcou um encontro no Miam Miam para conversar. Caralho, é só gozar que a mulher se apaixona e já quer discutir relação.

Falei que estava duro e não podia ficar jantando fora. Perguntei se ela queria me encontrar no Joia. Ela disse que pagava o jantar. Não gostei. Mas falei que ia. Estava com tédio.

Chegando lá, um cara magrinho, todo estiloso, me perguntou:

– Você é o Daniel?

– Sou.

– Senta aqui que ela já vem.

E me deu uma mesa que estava vazia, no meio de um restaurante lotado, com fila na porta. Lolla22 já deve ter aliviado essa gente de alguma encrenca na justiça, pensei. Em seguida, veio um balde de champanhe da viúva. A encrenca devia ser grossa.

Uns quinze minutos depois, Lolla22 apareceu num vestido vermelho decotado, com vista esplendorosa para os seus peitos, que estavam mais empinados e brancos do que nunca. O que o gozo não faz com uma mulher! Até do terninho brochante ela tinha se livrado.

Lolla22 sentou, estourou a rolha da garrafa, serviu duas taças, olhou no meu olho e disse:

– A você. E à Lolla.

– Só porque tirou o terninho, resolveu se referir a você na terceira pessoa, Lolla?

– Prazer, Verônica – ela disse.

– Prazer, Homem-Aranha – retruquei.

– Sério. Meu nome é Verônica.

Nada como o gozo para fazer uma mulher dizer a verdade. Mulher que mente é mulher mal comida. Pode apostar. Se bem que eu não ponho a mão no fogo por ninguém.

– Como assim: Verônica?

– Ah, Daniel, vai dizer que nunca mentiu na internet?

– Não, nunca.

– Pois é, eu minto. Meu nome é Verônica e não sou advogada, sou chef de cozinha.

– Daqui?

– Não, você acha que eu ia marcar encontro com um cara da internet no meu trabalho?

– Sei lá! E gozar, você já tinha gozado?

– Não, isso não.

– Tem certeza?

– Essas coisas a gente sabe, né?

– Então eu continuo sendo o primeiro?

– E único.

Às vezes só o gozo não é o suficiente. Para dizer a verdade, algumas mulheres também precisam de pelo menos setecentos e cinquenta mililitros de álcool no sangue. Verônica era uma dessas. Lá pelo final da segunda garrafa da viúva, com a língua enrolando, ela começou a falar.

– Tá, confesso: eu já tinha gozado. Muitas vezes. É que esse papo de "nunca gozei" é afrodisíaco. Homem adora um desafio.

– Quem te falou isso, maluca?

– Minha mãe de santo. Ela sabe tudo! Se deixar solto, vocês ó: puuufff, gozam rapidinho, perdem o interesse e se mandam. Aí, pra me divertir, eu inventei esse truque de ter problema pra gozar. Quer saber? É batata! Não tem erro. Tipo Casas Bahia: dedicação total a você.

Eu estava começando a me interessar por Verônica. Bem mais do que por Lolla22.

– A questão é que, mesmo com esse caô de não gozar, neguinho não manda bem como você mandou. Nesse quesito, você foi o único.

A torcida griiiiita no Maracanã: Da-ni-el! Da-ni-el! Da-ni-el!

– **Onde você tá?**

– No quarto.

– Onde?

– No apartamento que eu tô dividindo com um casal de romenos jovenzitos.

– Você tá na Romênia?

– Não. Meu quarto fica em frente a um estúdio de ioga. Pela janela, dá pra ver as pessoas praticando. A rua é estreita, parece que eu tô dentro da aula. O prédio é tão bonito, não sei se é século XVIII ou XIX. Eles cozinham bem. Trago vinho toda noite. Tem uma lojinha entre o metrô e a nossa casa, de uma velhinha. Conto como estou me sentindo, como foi o meu dia, e ela escolhe uma garrafa de vinho pra eu levar. Sabe que os romenitos comem no mesmo prato, todo dia? Você precisava ver a alegria dela, quando ele chega. É de verdade! Ela fica radiante só porque ele chegou. Será que a gente seria capaz de ter uma alegria genuína, só porque a pessoa de quem a gente gosta chegou?

– Você tá vivendo de quê?

– Da boa vontade de estranhos.

– Sério.

– O Joshua conseguiu esse lugar pra mim. O cara que morava aqui foi viver com a namorada. Como ele tem medo de que não dê certo, manteve o apartamento. Alugou um quarto para os romenos, outro pra mim. Ele pode querer voltar a qualquer momento, e aí a gente tem que sair. Esse cara é do nosso time: vai, mas não queima os navios. Eu pago por mês, aqui, o mesmo que pagaria por duas diárias num hotel chinfrim.

– Você tá feliz?

– Ontem terminei um curso. Fiquei tão contente que resolvi tirar uma foto minha. Fiz um registro da minha cara feliz, pra me lembrar de que é possível ser assim.

O problema dos diários é que servem muito pouco para a história, já que, na maioria deles, ela só reclama da vida.

Ninguém aguenta páginas e páginas de autopiedade.

Mesmo assim, vou roubar os escritos de Ana. Caso esse livro dê dinheiro, coisa de que eu duvido, já que livros não dão dinheiro (por que, então, estou passando por isso?), dividirei os direitos autorais com ela. É justo.

A vida sempre lá.
Eu lidando com as coisas como se não quebrassem.
Vou indo. Já vou.
Não escrevo, não penso, não dói.
Frivolidade tão humana
Instinto de sobrevivência
Quase angústia. Só quase.
Sempre.

01/09/2001

Escrever não é difícil.
Difícil é viver.

Anaïs Nin já dizia: a gente concentra tudo num livro e deixa de fora as partes chatas, onde nada acontece, o ramerrame, lenga-lenga, fomos-fomos – basicamente quase tudo. Aí as pessoas leem o livro e acabam achando que a vida dos escritores é excitante, porque está tudo editado.

Na verdade, Anaïs Nin falou muito melhor. Vou deixar de ser preguiçoso e procurar *Henry e June* para transcrever essa passagem direito. E vou poupá-lo, querido leitor, de ler sobre o meu ódio de uma vaca que, no ato de escrever seus livros, se dá ao luxo de descartar as partes chatas da vida.

Cheguei em casa e encontrei um fog na sala. A faxineira me recebeu em choque, como quem acabou de ver um fantasma.

– O que foi, Célia? – perguntei.

Ela fez um sinal indicando o meu quarto.

– Quando abri a porta ela já foi entrando com essa outra. Eu não sabia que... Deus que me perdoe, seu Daniel! Só fiquei aqui em consideração ao senhor.

Quando entrei no quarto, dei de cara com Verônica, segurando uma cueca minha, de frente para uma senhora gorda de turbante, toda vestida de branco, que entoava baixinho um cântico incompreensível.

– Que porra é essa? – perguntei.

Verônica, trêmula e sem graça, não conseguiu balbuciar palavra. A senhora gorda parou de cantar e me olhou tranquilamente.

– Oi, filho. Tá carregada essa casa, hein?

– O quê?

– Achei que você andava estranho, Titi, sem conseguir trabalhar, e trouxe a minha mãezinha aqui pra te dar uma força.

Não sei quando eu tinha virado Titi, mas naquela hora esse apelido me entrou pelos ouvidos como um mosquito zunindo no cérebro. Só não parti para a ignorância com Verônica em consideração à pobre senhora. A infeliz já devia pagar caro por ser mãe de uma cozinheira maluca. Respirei fundo e sorri.

– A senhora é mãe da Verônica? Muito prazer.

– Pelamordedeus, filho, eu sou mãe de santo! – disse a mulher sem paciência para a minha ignorância.

– Ah... mãe de santo... sei... E eu posso saber o que você tá fazendo nesse quarto, com a minha cueca na mão, Verônica?

– É que... a mãezinha detectou uma fonte de más vibrações, aqui.

– Na minha cueca?

– Não é estranho, Titi?

– Estranhíssimo.

– O filho não quer tomar um passe?

– Olha, muito obrigado, dona... Como é o seu nome?

– Ninfa Maria Padilha.

– Como?

– Toma um passe, Titi, vai te fazer bem!

– Verônica! – levantei a voz, fuzilando-a com meu olhar de maior autoridade.

A mãe de santo, que de boba não tinha nada, se retirou do quarto.

– Viu, Titi? Ela tá magoada com você. Viu o que você fez?

– Eu? Você entra na minha casa, sem a minha autorização, traz uma mãe de santo, apavora a minha faxineira crente, abre as minhas gavetas, sequestra uma cueca, é pega em flagrante... Invasão de domicílio dá cadeia, sabia?

– Titi, eu tô tentando te ajudar!

– E eu te pedi ajuda, mulher?

– Você é muito ingrato, mesmo. E agora, o que eu faço com ela?

– Vaza!

– Titi, você não sabe como ela é poderosa! Eu não ia querer uma mulher dessas brava comigo. Faz pelo menos um agrado, só pra ela não ir embora com raiva de você.

Yo no creo en brujas, pero... Célia, a faxineira, crê. E já tinha sumido, deixando a arrumação da casa pela metade. Fui até a sala falar com a mãe de santo, que era uma doce criatura. Conversamos um pouco enquanto Verônica esperava no quarto. Dona Ninfa Maria Padilha me olhou nos olhos, com a força de um jaguar encarando sua presa, e disse:

– Filho, você tá precisando muito de ajuda.

– Eu sei.

– Deixa eu te ajudar.

– A senhora entende alguma coisa de literatura?

– Eu entendo da vida e das pessoas, filho – disse a mulher, apertando os olhos que não desgrudavam dos meus, como se quisesse refinar a sua mira. – Vamos conversar, só nós dois. Eu mando a Verônica pra casa.

– Sim, senhora – obedeci, fascinado por aquele olhar, como obedeceria a minha mãe, tivesse eu 6 anos de idade.

Verônica saiu sob protestos, não sem antes trocar um olhar cúmplice com a mãe de santo.

Ofereci água, refrigerante, café, chá, cerveja, uísque, cachaça, mas a dona Ninfa Maria Padilha não aceitou nada. Sentou-se à mesa de jantar, pegou um lencinho amarelo na bolsa, acendeu um incenso, jogou um monte de búzios sobre o paninho e ficou olhando atenta, como quem lê Kafka.

– O seu problema é que tem outra pessoa morando nessa casa. Tem uma alma de mulher aqui, filho, que não te larga.

Como se eu não soubesse.

– O problema, dona Ninfa Maria Padilha...

– Pode me chamar de Ninfa.

– O problema, dona Ninfa, é que sou eu quem não larga dela.

– Mas, filho, assim você não vai conseguir ter uma mulher de verdade.

– A Verônica contratou a senhora pra me dizer essas coisas?

A mãe de santo, ofendida, recolheu seus búzios, o paninho e fez menção de levantar.

– Me desculpe, dona Ninfa, não faça isso. É que a senhora há de convir que é um susto chegar em casa e dar de cara com...

– Filho, eu sou uma mulher séria. A Verônica me chamou aqui, sim. Pras coisas dela. Mas você tá encrencado! Sua cabeça tá presa.

– Eu sei. Mas fui eu que prendi.

– E você não quer soltar?

– Acho que não.

– Isso deve ter sido trabalho feito.

– Dona Ninfa, eu duvido. Porque a minha cabeça tá presa desde que eu tenho uns 13 anos. Quem teria feito isso com um moleque?

A mãe de santo olhou para mim muito séria, recolocou o lencinho sobre a mesa, jogou os búzios sobre ele e voltou a ler Kafka.

– Você tem um tempinho?

– Que tempinho?

— Você tem que sair nas próximas duas horas?
— Eu pretendia trabalhar.
— Vai aceitar a minha ajuda ou não vai?
— Bom... aceito...
— Então fica aí, que eu já volto.
— A senhora vai sair?
— Não faz pergunta, filho, aceita.

Dona Ninfa pegou seus pertences e saiu. Não sem antes declarar num tom ameno, que a mim soou como uma ameaça velada do mais frio dos gângsteres:

— Me espera.

Sentei na frente do computador e nada, como de costume.

Cigarro, cerveja, amendoim, cigarro...

Uma hora e meia depois, o interfone tocou. Era dona Ninfa Maria Padilha, de volta.

Ela entrou com uma sacola cheia de ervas. Pediu uma faca, um balde e perguntou onde ficava o tanque. Sentou-se num banco na cozinha e começou a picar as ervas, enquanto cantava baixinho uma música que não pude identificar. Não sei se o canto fazia parte do trabalho ou se dona Ninfa Maria Padilha é dessas pessoas que gosta tanto do que faz, que canta no serviço.

— Vai ficar aí me olhando, filho? Vai trabalhar!

Voltei para o computador.

Uns vinte minutos depois, dona Ninfa apareceu na porta do escritório com o balde na mão.

— Agora você vai fazer o seguinte: vai pro banheiro, tira a roupa toda e entra no chuveiro com esse balde. Aí você pensa só em coisa boa: no que quer do amor, do trabalho, da vida, e, quando tiver bem tranquilo, vira esse balde, bem devagar, no corpo. Depois sai sem se enxaguar. Isso é melhor pra alma que banho de pipoca!

O que a gente não faz quando é refém de uma mulher louca?, pensei. Tudo isso para essa mãe de santo não ficar brava comigo? E eu lá tenho medo dessas coisas? A verdade é que dona Ninfa tinha uma cara ótima, um olhar fascinante, me pareceu muito séria lendo Kafka nos búzios, e... bem... mal aquilo não ia me fazer.

Entrei no banheiro com o balde nas mãos e fechei a porta. Tirei a roupa e pensei: o que Ana diria se visse essa cena? Comecei a rir. Imaginei Ana sentada na privada, com um cigarro na mão, debochando de mim nessa situação ridícula: pelado, com um balde cheio de ervas e uma mãe de santo me esperando do lado de fora. Foi quando me dei conta de que as ervas tinham um cheiro excelente. Com os termômetros do Rio de Janeiro em pico, ficar pelado no chuveiro pensando em coisas boas não era de modo algum um sacrifício.

Foi quando pensei que, com esse calor e depois de um banho, uma trepada seria perfeito. Não que eu tivesse disposição para encarar dona Ninfa. Pensei em Ana, rindo daquele balde virando sobre mim. Pensei que, para me vingar da crueldade do deboche, pegaria ela pela nuca, puxaria os cabelos para trás, levantaria sua saia, afastaria as pernas, chuparia aquela boceta até ela calar a boca e começar a gemer, gemer, gemer e depois comeria ela ali mesmo, no meio das ervas.

Meu pau ficou duro.

– Pode virar as ervas, filho – gritou dona Ninfa, lá da cozinha.

Ih, caralho!, pensei, já tinha esquecido.

Virei. As ervas tinham um cheiro fresco, meio ardido, meio perfumado, que eu desconhecia. Aquela água gelada no corpo me deu uma euforia estranha, uma espécie de excitação infantil, e comecei a rir. Rir de nada. Não de mim ou da situação, não da dona Ninfa, da Ana ou da Verônica, só rir. Esqueci de tudo: do pau duro, do livro, dos diários, das mulheres... e gargalhava. Como se a vida fosse realmente boa.

– Tá bem, filho? – me perguntou dona Ninfa quando saí do banheiro.

– Ótimo! Essa coisa é muito revigorante. O que tinha nesse banho?

– Coisa minha.

A essa altura, a cozinha não tinha mais vestígio da passagem de Ninfa Maria Padilha. Estava tudo limpo e no lugar.

– Bom, então eu vou embora.

– Mas já? Eu devo alguma coisa pra senhora?

– Não filho, eu não trabalho por dinheiro.

– Não? Mas, então, a Verônica...

– Eu cuido dela, filho. E tem coisa que tem que ser, pra ser outra depois.

– Não entendi.

– Não precisa. Tem coisa que não é pra entender, é pra acontecer.

– A senhora já leu alguma coisa sobre zen-budismo?

– Não, filho. Mas eu tenho um amigo monge. A gente fica muito em silêncio um com o outro. Eu gosto muito da comida dele, e ele, da minha.

— **Porra, você sumiu!**

— Tava dura. Ontem ganhei esse cartão de telefone no pôquer: seis horas.

— Desde quando você joga pôquer?

— Tá gelado lá fora.

— Teve ioga?

— Não sei. Me mudei. Continuo no século XIX, só que em outro continente. Agora tem um piano de meia cauda na sala e lareira no quarto.

— Os estranhos devem estar ajudando bem.

— A janela vive fechada. Tem uma trepadeira que faz a moldura do vidro, do lado de fora, e *town houses* do outro lado da rua. Queria ter essa vista pra sempre. Não sei o que sentir quando penso nisso. A parede do quarto é verde-musgo. Não gosto. Mas significa outra vida, isso me dá uma minieuforia. Tem crianças brincando na porta, um restaurante que serve coelho a três quadras, um parque bem perto, onde tomo sol... Judeus ortodoxos passeiam nesse parque. Outro dia me perdi e fui parar numa casa cheia deles, dentro do parque: homens, mulheres, crianças, todos com roupas sóbrias e pretas... Essa gente, assim, descontextualizada, numa construção no meio do verde, com a luz entrando na diagonal, deu a impressão de que eu tinha viajado no tempo e estava perdida no passado.

— Por que você me conta essas coisas? Por que não escreve?

— Foi interessante por um tempo, depois deu angústia. Medo de ficar presa naquele lugar, da minha vida virar aquela: casada com um pinguim, de saia até o tornozelo, peruca, casaco, com uma criança de cachinho no cabelo e quipá.

– Se isso acontecer, me contrata pra fazer um documentário da sua vida.

– Às vezes, olho pras pessoas e sou sugada pra dentro da vida delas. Me imagino acordando, indo dormir, e, quando me dou conta, estou dentro de uma vida que não é a minha, presa, horrorizada, com medo de não conseguir sair. Sou atraída pelos melancólicos. Quando dou por mim, já estou sentindo a sua dor.

– Será que não é a sua fantasia que tende para a melancolia?

Acordei aguda
　　　Pedi socorro
　　　Não encontrei
　　　Não importa
　　　Fiz o caminho
(certo) (existe?) Fugi de baratear tonta
na angústia
　　　Dei com ela de frente,
o que é muito deselegante.
　　　Passei para de ladinho
Entre acordada e dormindo
Transbordo um pouquinho,
um pouquinho, conta-gotas,
Esvazio. Só mais um pouquinho.
　　　Hoje é dia de panela de pressão.

10/12/2001

　　　O que fazer com o mofo, que cresce do lado de dentro?
　　　Como se evita a morte, ainda no embrião?
　　　Eu, que morro todo dia,
quero perder a consciência.
　　　Quero ganhar a corrida, a aposta, a briga.
　　　Uns minutos de alegria,
Dois ou três, por dia, bem mendiga,
bastaria.

24/12/2001

– **Você de novo?**
– É Natal. Fiquei nostálgica.
– *Jingle Bells*, Ana.
– Tá nevando aqui.
– Aqui tá 45 graus à sombra. Tô me sentindo um empadão no forno.
– Nessa vizinhança tem uma porrada de esquilos. É tão comum ver esquilos no meio da rua, que as pessoas não dão a mínima pra eles. É muito mais corriqueiro que os macaquinhos aí da rua Itaipava. Me deu saudades de Blanchot, Bardot, Clement Rosset e Sartre.
– Você vai ficar triste. Com a obra aqui do lado, eles sumiram. De vez em quando aparece um na esquina, no fio de luz que cruza a rua, mas aqui na frente, nunca mais.
– A gente vai perdendo uns gostos de viver... Eles anunciam: "Rua charmosa no Jardim Botânico", só não avisam que a sua mudança vai derrubar casas, árvores que davam flores há cinquenta anos, espantar passarinhos, macaquinhos do fio de luz e acabar com o charme da rua.
– Tá ligando com o cartão do pôquer?
– Essa semana ganhei um sabonete Phebo e um Leite Moça. Outro dia perdi um biquíni.
– E quem quer um biquíni se tá nevando?
– Gringo. É fetiche.
– Você devia propor um strip par ou ímpar. Lembra? Quem perder tira uma peça de roupa. Mais rápido, mais prático e muito mais emocionante. Anima aí a vida dessa gente!
– O aquecedor não dá conta.

Sempre quis me congelar no dia primeiro de dezembro, ao lado de Walt Disney, e só reaparecer, estupidamente gelado, no dia dez de janeiro, na praia. Não ter que ir a festas deprimentes nem aguentar o maldito trânsito da Lagoa em volta daquela árvore de Natal medonha. Fugir da cara de desespero das pessoas que resolvem fazer retrospectiva do ano e descobrem que, mais uma vez, não cumpriram porra nenhuma do que se prometeram.

Esse ano quase consegui. A demissão me livrou do insuportável amigo oculto da redação, em que ano após ano eu ganhava uma camiseta de time autografada. Tenho até do Vampeta e do Túlio Maravilha, puta que os pariu.

Disse que ia viajar e escapei do almoço com os meus pais no dia 25, e da cara de pena da minha mãe, que só não é pior do que o olhar inquisidor do meu pai, que pretendia para mim um futuro brilhante e não suporta não ter a minha aparição na televisão para convencê-lo de que seu trabalho não foi de todo malfeito.

Verônica me chamou para uma festa de réveillon num restaurante. O nome, Viradinho 2006! (quem inventa um trocadilho infame desses pra uma festa de Ano-Novo e ainda acha que alguém em sã consciência vai aparecer?), foi a desculpa perfeita para recusar o convite. Disse que iria passar em casa sozinho. Choramingos para cá e para lá, sem nenhum efeito. É incrível como, nesses dias, as pessoas precisam ter alguém ao lado, principalmente se houver alguma conotação romântico-sexual, para se convencerem de que não estão sós. Pode ser qualquer cachorro vira-lata, o que importa é não deixar a peteca cair.

Fiz um macarrão, abri umas cervejas e lá pelas três da manhã fui parar no Réveillon do Neto, no Arpoador. Chovia pra caralho, mas ninguém notou. Bebi mais umas cervas, brindei com umas champanhes vagabundas que me deram, dei uns beijos na boca e voltei andando para casa, com o dia claro.

Quando cheguei na portaria, dei de cara com Verônica, toda de branco, já meio amassada, me esperando.

– Tá aqui há muito tempo?

– Uma meia hora.

Houve uma espécie de *quiz show* para saber por onde eu tinha andado e com quem. Uma das vantagens de não estar apaixonado é fazer com que as coisas ocorram exatamente como, onde e quando você quer. É um pouco escroto, mas quem disse que a vida é justa? É só você não se colocar no lugar da pessoa sacaneada para não se sentir um crápula. Já basta quando você está nessa situação compulsoriamente e não tem saída. Todo mundo há de concordar que não existe sentido em se colocar na posição do cachorrinho poodle de coleira quando você tem a sorte de ser o dono do animal.

Trouxe Verônica para cima. Caprichei no amasso o quanto o meu estado alcoólico me permitiu e depois dormi. Entre a vigília e o sono, ainda tive que ouvir:

– Você e a dona dessa casa... Ela é sua amiga mesmo ou vocês têm... Você é casado, Daniel?

– Sou casado. Não tá vendo as crianças correndo em volta da cama?

Verônica perdeu uma ótima chance de virar pizza, nessa hora. Em vez disso, a bandida se espreguiçou, jogou os cabelos para trás, disse boa-noite, e se encaixou em mim. Essa mulher é perigosa. Sub-repticiamente ela vai chegando com suas comidas, bebidas, seus peitos, e agora isso: se eu fosse um *mega-pop-star-rock-and-roll-band-leader*, desses que viajam com dez *personal* qualquer coisa pelo mundo, um deles, com toda certeza, seria uma *personal* conchinha.

O problema é que todas as malditas vezes em que me sento nessa maldita cadeira, na frente desse maldito computador, para tentar escrever esse maldito romance, começa uma maldita reunião nas minhas costas: Sade, Hemingway, Joyce e Fitzgerald debocham; Anaïs e Dorothy Parker desistem de dar para mim; Mishima quer me partir ao meio com a sua espada; João Guimarães... esse já deu meia-volta e desistiu desde a primeira lauda; Thomas Mann deprime; Nelson Rodrigues... quando o Nelson aparece, me levanto, desço a ladeira e vou tomar uma cerveja no Joia, para esquecer.

Sim, mamãe, vou tentar, prometo.
   Prometo sair da inércia.
   Prometo viver agora.
   Prometo não ficar esperando a vida começar
até que a morte comece.

02/03/2002

– **Você é quem devia estar aqui.** Você é quem devia estar escrevendo um livro, não eu.

– Feliz ano-novo pra você também, Daniel.

– Você é quem tem coisas a dizer, não eu.

– Não sei de onde você tirou isso. Eu nunca tive nada além do meu umbigo, que, aliás, tá aposentado. Nunca escrevi um conto, um romance, um roteiro. A única coisa que eu sabia fazer era me queixar da vida.

– Como você pode falar assim da sua poesia? Você queria ser escritora!

– Eu queria parar de morrer, Daniel. E escrever não me adiantou em nada.

Num rompante, Verônica tirou um facão da bolsa. Pela primeira vez, senti que ela não era somente o meu brinquedinho. Seus olhos brilhavam. Era visível o seu prazer de ter aquela arma branca nas mãos. E era caso antigo: ela e a faca. Verônica veio em minha direção e foi impossível não recuar. Dei um passo para trás e depois outro e outro, à medida que ela avançava. Até que bati com as costas na parede – encurralado. Ela lentamente se colou toda em mim e me deu um beijo. A língua mais mole do que o normal, sorvendo a minha. Sentia-se poderosa com aquele facão na mão. E eu, mais inofensivo do que uma mosca, me senti uma donzela encurralada. O que, estranhamente, reverberou no meu sexo. Ereção? Hã? Mas como? Sou mais forte do que ela – o pensamento cruzou como um foguete na minha cabeça. No entanto, meu corpo não se mexia, só aceitava aquela língua lambendo a minha. Dominador ainda vai, mas me deixar dominar desse jeito era ridículo. Nesse exato instante de minha elucubração, senti uma picada na altura do fígado, meu pobre e baleado fígado. Era a faca de Verônica que, a essa altura, tinha sua ponta fincada em minha pele e podia me varar a qualquer instante. Comecei a suar. A lâmina esquentou e foi descendo pela minha barriga. Quase na altura do pau, que latejava, a faca mudou de lado, e ela apertou ainda mais seu corpo contra o meu, o bico dos seios pressionando minha pele, um mar de suco entre suas pernas. Quando eu já não sabia mais o meu nome:

– Tá gostando, Titi? Não conhecia esse seu lado escravo – e apertou a faca contra o meu saco.

– Porra, Verônica! – gritei e brochei automaticamente. Ela riu.

– Ô Titi, tava tão gostosinho!

– Pra você, né?

– Você tava bem animado.

– Vamos fazer logo essa comida? – eu disse, abrindo o armário e pegando panela, frigideira, escorredor de macarrão e qualquer merda que aparecesse na minha frente.

– Você tem uma tábua pra eu cortar o peixe?

– Tábua? Eu não!

– Procura aí. Deve ter. Isso aqui não era uma casa de mulher?

– Ando meio em dúvida.

– Como assim, Titi? Tá na dúvida se tem tábua ou se a sua senhoria é mulher? Tá morando na casa de uma trava?

– Claro que não! Óbvio que ela não é trava. Mas também não é mulher. Não no sentido de mulher que todo mundo conhece. Ela não age como as mulheres que...

– Sabe qual é o seu problema, Titi? Você viaja! As coisas são muito mais simples. Relaxa!

Verônica me deu as costas e partiu com sua faca para cima do peixe-espada. Simples assim, como se não tivesse acontecido nada. Sem mais uma palavra, um subtexto, uma entrelinha.

Não, ela não era uma assassinazinha comum. Sua paciência e destreza com a pele do peixe eram de uma psicopata. Com delicadeza e firmeza tirava por inteiro aquela pele viscosa. Como teria feito com a minha, não tivesse eu reagido a tempo. O cheiro também não a incomodava em nada, ela parecia imune a ele. Me lembrou *O silêncio dos inocentes* – Hannibal Lecter fazendo abajures com a pele de suas vítimas. Comecei a pensar nos abajures da casa de Verônica: nenhuma tatuagem, umbigo, cicatriz nem escama visível – que eu me lembrasse. Mas vai saber onde as pessoas escondem as suas taras?

– Tem conhaque?
– Quer beber?
– Não, é para o mosqueteiro, aqui.

Não sei se gosto do humor dela. É difícil de catalogar. À primeira vista é até sofisticado: mosqueteiro, três mosqueteiros, espada, peixe-espada, é uma associação de ideias interessante, embora meio limitada. Se fosse esperta mesmo, tinha chamado o peixe de D'Artagnan. Essa ânsia de se fazer compreender diminui um pouco a qualidade do humor. Até para fazer graça há uma certa dose de risco que se tem que correr.

– Pega os *pignoli* para mim?
– E eu lá tenho isso?

Cebola, alho-poró, alcaparras, *pignoli*, azeitonas pretas, orégano, uvas, pimenta-do-reino, ela tinha trazido tudo. Não, não tinha unha de virgem, pata de aranha, baba de bode, sangue de criança recém-nascida. Não seria possível entregá-la à Inquisição.

Fui proibido de beber cerveja. Matamos duas garrafas de vinho branco ou três, não me lembro bem. Eu, que não gosto de vinho, achei bem engolível. Até que tudo começou a girar, mesa, sala, Verônica, vinho branco – engraçado, não sou disso – D'Artagnan, espada, maiô de couro, botas de salto alto, cordas, filetes de sangue, facas, facas, facas, facas, tudo ia e vinha na minha cabeça, como um chicote mexicano. Será que essa mulher tinha colocado alguma coisa naquele vinho, assim, tipo um alucinógeno misturado com tesão de vaca? Será que eu estava levando um boa-noite Cinderela? Tudo bem que a Verônica é gostosa, mas essa qualidade de ereção depois de tanto vinho na cabeça?

– Eu amo você, Titi! Eu amo você! – ela gritava.

Sentei-lhe a pica com violência, até amanhecer. Para deixar bem claro quem manda e quem obedece no meu galinheiro.

As mãos de Verônica são fortes, grossas e têm as veias saltadas. Têm também marcas de cortes e queimaduras. As unhas são curtíssimas e nunca viram a cor de um esmalte. Os cabelos são loiros de verdade, escuros – os pentelhos são a prova dos nove. O corpo é forte e cheio de carne para pegar. Verônica come com gosto, o que é um tesão. Fala alto, gesticula muito, ocupa espaço nos lugares.

Verônica é o oposto de Ana, que é indomável e não tem o desejo de domar ninguém. Ana é impalpável, uma força da natureza. Vento que muda de rumo, refresca, leva as coisas voando consigo – minha alma pendurada no varal. Verônica tem estrondo de tempestade, raios, mas é chuvinha de verão.

Que mistério faz uma pessoa calar profundamente em outra?

Estou aqui, todo dia, com uma mulher que faz comida e dá gostoso para mim, ainda que eu tenha dúvidas se está apaixonada ou em busca do mito clássico do "alguém", e o primeiro otário que ela encarasse pela frente, um pouco mais dócil, seria esse "alguém".

Mulheres querem "alguém" – uma espécie de nebulosa do amor, em que qualquer um pode vir a se encaixar. É um querer indiscriminado, sem foco, um desejo de preenchimento, em que não está em discussão o recheio. Até porque elas acreditam que podem moldá-lo com o tempo. Como se fosse um sapato, um jeans, uma bolsa que elas vão encher de bugigangas. O homem como o mais rico dos acessórios, o troféu que se leva nas festas. Não que eu esteja perto disso: desempregado, duro, sem sombra de sucesso – um corpo de um metro e setenta e nove, cabelos pretos, que se move e fuma pode ser exposto como conquista? Quando foi que deixamos de ser caçadores e viramos caça?

Verônica fez curso de açougue na Marinha, na Praça Mauá. Já me masturbei uma porrada de vezes pensando nela de jaleco aberto, calcinha e bota branca, no meio das carnes. Acordava às três e meia da manhã, e chegava ao açougue às cinco. O marinheiro que abria a porta para ela batia no alumínio antes de liberar as trancas, para espantar os ratos. E a parte mais eletrizante: ela ajudava os açougueiros a descarregar o caminhão de entrega: maminha, alcatra, chã de dentro, patinho, tudo no ombro. Verônica cortava carne todo dia, para fazer comida para mil e quinhentos marinheiros, amarradona. O jaleco chegava em casa coberto de sangue.

Agora, vamos calcular: uma mulher que faz isso aos 20 anos, é capaz de quê, quando chega aos 30 e está a fim de você?

Enquanto isso, do outro lado... Ela. Sempre ela. Ana cabe perfeitamente nos meus sonhos. Tem essa qualidade das musas. Esse éter que tira a consciência. Voz, letra e melodia de sereia – minha quimera particular. Não quero acordar. Quando me levanto, é para estar aqui, na frente do computador, e tentar pregar essa mulher numa coisa palpável – como se fosse possível capturar uma mulher numa folha de papel.

– **Não quero ser Fernando Pessoa ou Van Gogh,** que morreram infelizes, se achando uns merdas.

– Na boa, Ana, você não corre esse risco. Eles eram gênios. Você é só uma escritora com algum talento e pouco saco pra trabalhar. E vai saber onde está o gozo de cada um?

– Pois é, eu não tenho o menor tesão em viver me achando uma merda.

– Claro, seu tesão é me aporrinhar.

– Até entendo que uma postura curvada possa servir pra você entender melhor a vida, mas isso eu deixo pra quem quiser. Agora eu não posso.

– Isso não é Mishima?

– É. Ele é que tava certo. Prefiro mil vezes fazer *seppuku* na frente de um batalhão do exército japonês. Muito mais divertido do que morrer duro, inédito, e depois vir essa droga desse mundo de gente lesada e entender que você era um gênio. Se eles tivessem morrido se achando uns merdas, e fossem mesmo, pelo menos a vida fodida que levaram tinha feito algum sentido.

– Como você é boba, tá na cara que o Fernando Pessoa adorava aquela autopiedade e que ele se achava o máximo. O Van Gogh é a mesma coisa: vivia viajando, fazendo o que gostava. Quem te garante que ele se achava mesmo um merda?

– *Cartas a Theo*?

– Aquilo era truque pra descolar uma grana com o irmão e continuar pintando. Você não entende nada.

Como é que um ser com esse nível de ansiedade pode achar que vai escrever um livro? A narrativa requer noção de onde se está e para onde se vai. Sangue-frio.

Já achei que o meu ideal de vida era ser um dominador. Não que eu goste de bater em ninguém, amigo leitor, não me entenda mal. Eu queria ser dominador pela frieza, paciência, planejamento, domínio do tempo e controle explícitos no sadismo.

Talvez eu devesse ler textos de *bondage* e sadomasoquismo como autoajuda para escritores.

– **Tá, vamos lá**: pra mim, a vida é uma velha gorda e escrota que vive pra sacanear a gente.

– É... É uma boa personagem. Já eu acho que ela é uma louca de camisa de força, presa numa sala cheia de colchões nas paredes. De vez em quando, o enfermeiro cochila, ela foge e escolhe alguém a esmo para sacanear. Alguém que está bem seguro, bem tranquilo, bem confiante naquele momento, só para mostrar que a gente não é nada. Que ela é louca, mas é quem manda no jogo.

– Tá bom. Mas essa não é a morte?

Medo não é a palavra que define o ser humano? Mais que mamífero, racional, bípede?

Ou a palavra seria amor?

Cachorros também amam. Talvez melhor do que nós, já que são capazes de perdoar.

Temos medo de nós mesmos. De errar. Da violência, quando ela ainda não se manifestou. Medo de intimidade. De traição. Do que vão dizer de nós. Medo de perder o emprego. Medo de adoecer. De sentir dor. De perder. Medo de envelhecer, de morrer do coração, agora, amanhã de manhã, num acidente de carro, num assalto, de bala perdida, Aids, hepatite, pneumonia, infecção, unha encravada. Medo do simples exercício dos dias.

A vida vira uma onda, e nós, aquele pontinho prestes a ser engolido, que não vai ter tempo de correr para a areia fofa.

Se eu não tivesse medo, seria a vida marola?

A questão é que estou agora, exatamente agora, com muito medo. Esse medo que não sei se é imaginado ou real, como duvido que sejam reais as notícias nos jornais. E não sei se tenho esse medo porque me querem assim.

Ainda sou a menina sozinha de 5 anos, dos 17, dos 27, dos 30. Estirada, imobilizada, falsificação tosca de mim mesma, cansada.

08/04/2002

Quantos anos de cadeia eu pegaria, fosse o Brasil um país sério? Se réus primários não tivessem o direito de fazer qualquer merda e continuar livres?

E que raio de pessoa é essa, que cai no mundo abandonando seus diários? Se ela tivesse um mínimo de apreço por si mesma, não teria deixado seus escritos para trás. Teria? É possível que alguém despreze dessa maneira o que escreve?

E se ela fez de propósito? Se me largou aqui com suas profundidades, de caso pensado? Ninguém imaginaria que um homem faria uma coisa dessas: ler diários alheios.

Mas para não imaginar que eu faria exatamente isso, ela teria que duvidar da minha humanidade.

– **Você olha da janela e tudo é branco:** calçada, telhados, carros e as poucas pessoas que andam na rua. Me entrincheirei no sofá com duas caixas de chocolate, queijo, vinho e três livros. Você não imagina o que meio metro de neve durante dias pode fazer na psiquê de gente como a gente. Nós somos tucaninhos, ararinhas-azuis, miquinhos-leões-dourados, não fomos talhados para essa violência.

– Ué, então vem embora, Ana. Por que você tem tanto medo de voltar?

E então, tudo se congelou: a música parou de tocar, as pessoas se sentaram aos pares, as cadeiras se ocuparam, e eu permaneci em pé. Um pouco por lerdeza de alma, falta de pendores práticos; um pouco por excesso de otimismo; outro tanto por vontade própria, desobediência, rebeldia.

Como nada foi suficiente, ou melhor, ninguém, foi o que me restou: vagar em pé, cigarro em riste e salto alto, pelo salão.

A autocomiseração aborrecida faz em mim o papel de alergia. Das que coçam e empolam a pele.

Uma única letra trocada de lugar e...

Mas eu não sabia.

18/05/2002

– O que foi, Daniel?

– Tá foda!

– Para com isso. Se é tão sofrido, por que você quer tanto?

– Porque, ao contrário de você, que acha que isso é perda de tempo e inclinação à melancolia, se eu tô vivo hoje, é porque os livros já salvaram várias vezes a minha vida.

– Dois homens já salvaram a minha vida.

– Os livros também, deixa de ser mentirosa.

– Tá, é verdade. Mas o que isso tem a ver com escrever? Você quer salvar a vida dos outros, ou agora precisa de drogas mais pesadas para salvar a sua?

Verônica buzinou de dentro do fusquinha. Não contente, berrou meu nome do meio da rua. Eu, mais uma vez parado em frente ao computador tentando dizer a que vim, pensei em me fingir de morto.

Com sorte, ela pensa que eu saí e se manda, torci. Preciso escrever, caralho, e essa mulher todo dia no meu pé. Só que... estou enganando a quem? Se até essa hora, nove e meia da noite, não escrevi nem um parágrafo, então, por que não?

– Fala, mulher – berrei da janela, e o cigarro quase caiu no ar-refrigerado da vizinha de baixo, mais uma vez.

– Vamos jantar, Titi? Tenho um programaço. Desce!

Colocar uma camisa nesse calor não era uma opção. Desci de uniforme de trabalho: bermudão, com a camiseta no ombro.

O som da carro estava bom. Verônica ouvia alguma coisa pop.

– Madame Butterfly, por minha conta. Aliás, por conta do meu contratante. Provar sashimi de tilápia e beber saquê.

– Existe isso?

– Parece que, aqui no Rio, só tem lá. Entra aí!

Minha pergunta se referia a contratantes que pagam bebida e não ao sashimi de tilápia, mas pra que complicar se eu ia beber de graça? Assim que bati a porta, o som mudou para algo bem diferente.

– É rádio?

– Não, é esse CD aqui.

Ela abriu o porta-luvas e puxou uma caixa de CD com uma atriz de novela na capa. Verônica escuta trilhas sonoras de novela. Eu poderia lidar com um Buddha Bar, uma coletânea da Praia da Pipa, o melhor de Billie Holiday... mas CD de novela?

– Foi minha sobrinha que me deu. Não é fofo? – ela disse, toda contente, arrancando com o carro.

Pegamos a Lagoa ao som de um pop lacrimoso, daqueles para quando os protagonistas se beijam. Até chegar a Ipanema, passamos por Damien Rice, Carla Bruni e Luis Miguel. Uma trilha sonora bem puxada para um cara acostumado a ouvir álbuns inteiros, na ordem em que os artistas gravaram. Ainda bem que eu estava de bom humor.

Na porta do Madame Butterfly, o manobrista levou algum tempo para entender que o fusquinha azul-metálico estava indo para o restaurante. Tive que vestir a camiseta. Sentamos no sushi bar, o único lugar decente para se sentar num japonês.

– Posso saber o porquê do desejo de sashimi de tilápia? Não me diga que é o seu jeitinho chef de me dizer que tá grávida!

– Sim, amor! Descobri hoje! Você vai ser papai! Não é lindo?

Comecei a suar frio. Matei Verônica fatiada com as facas *ginsu* do *sushiman*. Vi minha vida se esvaindo por entre os dedos. Um emprego num jornal de bairro, Verônica gorda e descabelada, a cozinha toda engordurada, crianças melequentas correndo pelo apartamento da Ana. Caralho, a Ana!

– Mas eu não tenho emprego, casa, futuro, como é que vou ser pai de uma criança? – consegui dizer, em vez de: Sua vaca, como você foi fazer isso comigo?

– Você vai ser um escritor famoso, Titi.

– E pobre, como 99% deles. Você vai ter um filho pobre de um pai que vai viver às custas da sua mesada, que eu vou conseguir na justiça, quando provar que a gente teve uma relação estável.

– Credo, Daniel! É brincadeira! Não tô grávida. Essa tilápia é pesquisa pra um trabalho. Mas adorei a parte da relação estável!

Se Deus existe, Ele se mostrou para mim naquele momento. Senti como se estivesse na parábola do judeu chato que reclama do tamanho da casa e o rabino manda colocar uma vaca na sala. De repente, minha vida fodida, sem dinheiro, sem emprego e com bloqueio criativo no primeiro livro, me pareceu um idílio.

– Quer saquê?

– Duplo – disse.

Pra comemorar, pensei.

– Dois saquês duplos – ela pediu.

– Se quiser, a gente abre uma conta separada pras bebidas – sugeri.

– Imagina!

Gosto de Verônica porque ela não apresenta mixaria.

Comemos de entrada um pão japonês com uma parada que me pareceu ser de atum. Como não sabia o que vinha pela frente, devorei uns seis. Atrás do *sushiman* tinha um aquário. Verônica virou para mim, apontou para o aquário e perguntou que peixe eu ia querer.

– Engraçadinha. Tirou a noite pra me sacanear, é?

Pedi uma cerveja para tomar com o saquê. Verônica ensaiou um ataque por causa da minha falta de erudição na culinária japonesa, mas acabou pedindo dois copos.

Passamos então para umas duplas básicas que Verônica ia pedindo, enquanto conversava com o espécime raro que nos servia: um *sushiman* nissei, e não nordestino. Quando ela pediu o sashimi de tilápia, o japa se empolgou e senti uma certa comoção no lugar. Foi aí que começou o meu pesadelo.

Um paraíba veio da cozinha vestindo jaleco de médico e botas de borracha, subiu numa mureta de frente para o aquário e começou a tentar catar um peixe com a mão.

– Estamos sem a *lede*, sabe? – desculpou-se o *sushiman* nissei.

Verônica não estava me sacaneando. Aquele aquário era uma espécie de corredor da morte onde os peixes esperavam até serem pescados e... comidos. Enquanto o paraíba tentava tirar uma tilápia de dentro d'água com a mão, o *sushiman* se explicava.

– A *lede* ajuda muito *pegal* tilápia, né? Mas *fulou* ontem.

A essa altura o paraíba já se mostrava um pouco exaltado, no alto da mureta, enquanto os peixes nadavam de um lado para o outro do aquário, lutando por suas vidas miseráveis. OK. Eles já tinham se fodido quando foram pegos no viveiro – o japa explicou que tilápias são peixes de viveiro – e trazidos para morar na cela de vidro do restaurante. Provavelmente, eram a quinta, sexta, sétima geração de natimortos. Mas a vida é assim: quando você acha que já está no fundo do poço, alguém te pega e te joga num aquário, só para depois te pegar de novo e fazer picadinho de você.

Voava água para todo lado, e não havia santo que fizesse o paraíba pegar um peixe. As tilápias estavam dando olé.

Era um tipo de entretenimento aquela pesca – se você abstraísse o fato de que era uma condenação sumária à morte.

Depois de uns cinco minutos daquela palhaçada, com as tilápias ganhando de lavada do paraíba, o clima foi ficando tenso. Puto da vida, o *sushiman* nissei fez sinal para um outro japa vestido de preto que estava no salão. O japa de preto largou imediatamente o que estava fazendo e entrou numa porta, que devia dar na cozinha. Menos de um segundo depois, apareceu do lado de dentro do balcão do *sushiman*, em frente ao aquário. Era uma intervenção da Yakuza. O paraíba se recolheu à sua insignificância e desceu da mureta, abrindo espaço para o japa-de-preto-tilápia-killer-superior.

– Só tu mermo pra pegar esses bicho sem rede! – disse o paraíba, meio humilhado.

Senti que o japa de preto era uma espécie de samurai de aquário. Ele subiu na mureta com tamanha moral, que as tilápias, de repente, ficaram como que paralisadas de medo. Assim como a bola gosta do pé do Romário, os peixes tinham medo do japa de preto. Numa operação seca, limpa, sem tumulto ou barulho, ele pegou o peixe infeliz, que seria o nosso jantar.

Seria. Porque esse meu maldito lado *looser*, que faz com que eu me identifique com qualquer coisa que se foda sobre ou sob a face da terra, se identificou com o peixe, sua luta pela vida, a covardia do japa samurai de aquário, a porra do destino... Por que ele, no meio de tantos? Que decisão randômica do acaso tinha feito justo aquele peixe e não outro cair na rede do japa serial killer? Pronto: quando vi, já estava querendo pular o balcão do *sushiman*, arrancar o peixe da mão do filho da puta e devolvê-lo para o aquário; o viveiro; o rio; o mar!

– Agora ele vai *leval* um choque *télmico* – disse o *sushiman* nissei para Verônica.

– Como assim? – perguntei, pensando em ligar para a Sociedade Protetora dos Animais.

– Vai *pala* a água quente e depois *pala* a gelada. *Pala dal* uma consistência *vítlea* à *calne*. Tem gente que *plefele* a *calne* mole. Mas aí o sashimi vem quente.

Fiquei na dúvida: será que esse facínora filho da puta é japonês? Porque se for mesmo nissei, pensei, é burro pra caralho. Como é que alguém que nasceu no Brasil, estudou aqui, andou de skate e passou tardes na rua jogando conversa fora, como qualquer adolescente normal, ainda troca a porra do "R" pelo "L"? Será que isso é marketing para ele soar ainda mais japonês? Um diferencial em relação aos nordestinos que estão roubando seu mercado de trabalho? O mundo é uma selva, tudo é possível.

Verônica ouviu a explicação do japa *tloca letlas* interessadíssima. Eu, a essa altura, era companheiro das tilápias em Auschwitz.

Ganhamos uma dupla de enguias para nos entreter enquanto esperávamos a nossa vítima ser torturada na cozinha. Olhei para aquilo com desprezo.

– Como vai o livro? – Verônica perguntou, tentando criar conversa.

– Parado.

– Jura? Você não tá complicando demais a sua história? – e, antes que eu conseguisse esboçar uma réplica, ela se virou para o japonês: – Sua família é daqui do Rio mesmo ou de São Paulo?

O assunto engrenou nos japoneses do bairro da Liberdade e rumou para um restaurante metido a besta nos Jardins, onde as pessoas comem sushi com Veuve Clicquot – um porre.

Se eu não soubesse que Verônica tentava descobrir coisas para o trabalho, podia jurar que ela estava dando mole para o *sushiman* nissei burro pra caralho.

Matei o saquê e a cerveja.

– Quer mais saquê, Dani? – Verônica sabia como agradar um homem.

– Não pega mal essa bebida toda na sua conta?

– Bobo! – E mandou descer mais dois saquês.

O cadáver chegou – sem nenhum respeito, nenhuma solenidade – na mão do samurai de aquário. O *sushiman* nissei colocou-o em outra parte da bancada, diferente da que ele usava para fazer seus sushis e sashimis bagaceiras, e começou a cortar a cabeça da tilápia.

Na primeira deslizada da faca, o rabo do peixe levantou e bateu na madeira onde estava pousado.

– Caralho! Ainda tá vivo! – gritei.

– Peixe *lesistente* – respondeu o *sushiman* desalmado. – Ele é *gueleilo*, *comel tlaz* boa *enelgia pla* mente e *colpo*.

E o bicho mexeu o rabo novamente na segunda investida da faca.

– Caralho, isso é pior que *O silêncio dos inocentes*!

– Calma, é só um espasmo – disse Verônica.

Calma? Como assim? Que mulher é essa que assiste impávida a um assassinato a sangue-frio? É uma sádica.

Uma mulher a quem se deve temer. Uma assassina em potencial.

Ao meu terceiro "caralho" diante dos espasmos do peixe, o *sushiman* nissei entregou-o de volta ao samurai de aquário, que o levou outra vez para a cozinha. Verônica deu um beijo na minha bochecha.

– Você é uma graça, sabia?

E deitou a cabeça no meu ombro, como se fosse a mais doce das criaturas, a perversa.

Resumindo: o peixe voltou morto de vez. Foi uma sangueira do caralho para tirar a cabeça dele. A essa altura eu já estava focado no meu terceiro saquê e em mais nada. Não tinha mais nervos para assistir àquilo.

A tilápia veio para nós numa bandeja transparente, com a cabeça de um lado, os filés vítreos e crus no meio, e o rabo no final – já em *rigor post mortem*.

– Está muito bonito! – disse Verônica, puxando o saco do *sushiman*.

– Esse jeito de *aplesental* o *plato* não é comum aqui no *Blasil*. É o usado em banquetes no Japão – disse o *sushiman* nissei *malketeilo* safado *tilando* onda.

Éramos mórbidos VIPs no restaurante, ao que tudo indicava. Olhei para aquela aberração, chamei o samurai de aquário e, com a cara mais foda que eu tenho, pedi:

– Uma tempura de legumes, por favor. E mais um saquê. Em conta separada.

– **Por que você tá me perguntando isso, Daniel?**
– Curiosidade.
– E se eu não quiser responder?
– Não responde.
– Eu devia ter uns 6 anos. Enchia o peito de ar o máximo possível, até começar a tremer, depois prendia a respiração até não aguentar mais. Assim, ela passava por um tempo.
– O que passava, Ana? A tristeza?
– A dor.

— **Maurice Blanchot e Brigitte Bardot voltaram** com Sartre e Clement Rosset.

— Jura?

— Abri a janela do escritório no domingo, e eles estavam sentados no fio de luz, Brigitte tirando os piolhos de Maurice, enquanto Sartre e Clement pulavam de um fio para o outro.

— Vou chorar.

— A construção acabou. As coisas estão mais calmas por aqui.

— Ficou medonho?

— Sabe que nem tanto? Esse prédio novo é bem menos escroto que o da frente.

— O da frente é uma temeridade. E pensar que tinha uma casa cor de vinho, com ensaio de banda de garagem nos finais de semana.

— Agora tem um vizinho aprendendo a tocar piano.

— Eu sei. Ele é fraquinho, né?

— Sabe que tá melhorando? Não consegue tocar uma música inteira. Acho que só toca as partes que sabe. Tipo um *medley* de Beethoven, Bach, Vivaldi...

— Fiquei num hotel em Roma de onde se ouvia um piano às cinco da tarde. O meu quarto ficava no último andar e tinha um janelão que dava pro telhado. Eu ficava tomando sol e ouvindo. Uma vez alguém gritou: Brava!, e descobri que quem tocava era uma mulher.

— Eu sei que pra você essa rua ficou opressiva sem as casas e as árvores, mas o barulho acabou. Aqui ainda é um lugar bacana de se viver.

– Olha que eu volto e você vai pra rua.
– Aqui é a sua casa.
– Eu sei. E ela não vai sair daí.

Em um segundo, a moça alegre de vestido branco perdeu o bebê que levava na barriga e quase perdeu a vida. Seis meses de cama. Pilota de provas de drogas francesas ainda não aprovadas, toda a sorte de anestesias, dolantina, alucinógenos de ponta – coisa de profissional.

A morte passou, mas não a deixa um segundo.

Ana pensa que essa corrida desenfreada vai livrá-la da imobilidade. Pula de país em país, de casa em casa, de um homem para outro, para fingir que não leva tudo, o tempo todo, dentro dela. Acelera seus passos, para fantasiar correntes marítimas que imagina moverem águas profundas, irremediavelmente paradas.

– **É claro que a gente já trepou!** Não lembra?
– Claro que não, Daniel!
– Não lembra do dia do Miguel?
– Que dia?
– A gente tava naquele bar meio inglês, que tava na moda naquele mês, lembra?
– Foi moda mais de um ano...
– Você tava toda enlouquecida com o tal do Miguel, que tinha sido marido da sua professora de teatro. Você queria subir um degrau na cadeia alimentar da mulherada comendo o ex-marido da sua professora de teatro.
– Não era isso, Daniel. Ele tinha olhos verdes!
– Ele sentou na nossa mesa. Você ficou nervosa e deu de beber.
– Uh, lembrei.
– Pois é, você ficou bêbada em trinta segundos.
– Aí ele contou alguma coisa engraçada, eu resolvi fazer um charme e rir balançando na cadeira e jogando a cabeça pra trás... Quando senti, parecia que tava fora do meu corpo, me vendo: a cadeira caindo, em câmera lenta... Levou horas aquilo, eu caindo, caindo... sem conseguir fazer nada. O chão não chegava nunca. Acho que a expressão *falling in love* tem a ver com isso.
– Acho que a expressão pagar mico tem mais.
– Você é um babaca.
– Eu? Quem foi que te socorreu? Quando vi, você tava igual a um frango assado, no chão, com as pernas pro ar.
– Aí acabou a câmera lenta. De repente, você já tava me levantando, atirando um dinheiro na mesa, dando tchau... Acho que não consegui dizer nada.
– Você disse "Diz tchau".

– Você me deu o braço e eu só pensava em colocar uma perna na frente da outra, pra sair dali com alguma dignidade. Quando a gente passou da porta, eu desabei e você me levou no colo até o carro.

– Aí começou o berreiro: "Eu nunca vou namorar com ele. Ele tem 28, é um homem, e eu sou uma ridícula que não sabe nem beber que cai da cadeira..." E chorava...

– Tá, Daniel, mas e daí?

– Você pediu pra parar o carro, vomitou, disse que não queria ir pra sua casa, e eu te levei pra minha.

– Não lembro disso!

– Porque você tava bêbada que nem um gambá. Eu te tirei do carro no colo, te coloquei em pé no elevador e te escorei com meu corpo pra você não cair.

– Eu vomitei no meio da rua?

– Tirei a sua roupa e te meti embaixo da água fria.

– Como é que eu não me lembro disso?

– Aí você começou a chorar porque a água tava gelada.

– Que pentelha!

– E eu te abracei pra você parar de chorar.

– Você também tava pelado?

– E dava? Se te largasse, você caía. Quando eu tava te abraçando, você me agarrou com força, disse que a gente era todo errado e me beijou.

– Você tá mentindo, Daniel!

– Meu pau ficou tão duro que chegou a doer.

– Mas eu não tinha vomitado? Como é que você...

– Aí eu me descontrolei e te apertei, te lambi, tirei o pau pra fora e te comi ali, em pé. Te fodi feito louco. Não tinha amizade, carinho, amor, porra nenhuma, só foda.

– Você se aproveitou de mim!

– Você não parecia estar sendo aproveitada... Aliás, parecia, sim. A sua cara... eu não conhecia essa sua cara.

– E o dia seguinte? Eu acordei na sua casa? Como é que eu não me lembro?

– Eu dormi agarrado com você, de pau duro. Mas aí você já tava desmaiada.

– Tá, mas e o dia seguinte?

– Eu acordei... Queria te comer de novo, mas resolvi esperar você acordar. Fui pro banheiro... Você acordou, levantou da cama e nem se deu conta de que eu tinha dormido do seu lado, de nada do que aconteceu. Você acordou e apagou a foda da sua cabeça. Ficou falando do mico, do Miguel, de que ele não ia mais querer olhar na sua cara...

– Por que você não me falou nada? Por que não me contou?

– Porque eu sou um doente.

Estou aqui, mais uma vez, envolta em bandagens, entre remédios eficazes e placebos. Exímia enfermeira.

Sou da prática das bandagens. Dos socorros.
Dos repousos seculares.

Emerjo curada, em breve. Talvez sem nova cicatriz.

Aprendo as curas. Só não sei, ainda, a técnica de evitar o que fere.

E medicina preventiva não é abstinência. Disso eu sei.

Mas não mais. Ainda.

20/06/2000

– **Quem tá falando?** Alô! Eu vou desligar. Alô! É você, Ana?

– ...

– Alô... é você, Ana? Você tá bem? Onde você tá?

– Aqui.

– Aqui onde? No país, na cidade, no orelhão da esquina?

– No sul da Bahia.

– Hã?

– Eu tô no sul da Bahia, Daniel.

– Como você tá? Pensei que você tava na Andaluzia, em Amsterdã, na Tailândia, na China... Se drogando, se matando, tendo casos tórridos, escrevendo um romance, fazendo *lap dance*...

– Você não me conhece, Daniel.

– Você é que não se conhece, Ana.

– ...

– Alô, Ana? Você ainda tá aí?

– Tô.

– Não desliga. Não vai embora, Ana, por favor.

Filme americano, sala de comando, os computadores seguindo a ligação, o detetive fodão segurando a mulher na linha, engenheiros trabalhando, o FBI, a CIA: "Só mais um pouco e nós a localizaremos, não a deixe desligar!"

– Quero te ver.

– O quê?

– Eu quero te ver.

– Eu vou aí.

– Vem.

– Onde?

– Cabritos.

— Não era no sul da Bahia? Cabritos fica em Pernambuco.

— Eu tava mentindo.

— Por quê?

— Não sei. Eu quero te ver, Dani.

— Eu vou agora. Tô indo pro aeroporto. Pego o primeiro voo pra Recife e me viro pra chegar aí. Chego hoje, daqui a pouco.

— Você tem dinheiro?

— Tenho.

— Tem?

Eu me viro em dinheiro, suplico, roubo, peço emprestado, faço chantagem, mato, pratico extorsão...

— Ainda tenho cartão de crédito. Depois me viro pra pagar.

— Quero que você venha de ônibus.

— Tá louca? Pra quê?

— Você vem pensando.

— No quê?

— Na gente. Andei pensando muito em nós dois. Comecei pensando em mim, mas não tem eu sem você.

— Eu sei.

— Quero te ver, mas quero que você venha pensando.

— Mais? Eu só faço pensar, desde que pisei nessa casa.

[Vou de avião no mesmo dia. Vago por Cabritos uma semana, desesperado, procurando por ela em todos os cantos, seguido de perto por um cachorro vira-lata que é a imagem do meu abandono. Até que finalmente consigo aceitar que Ana mentiu. Ela nunca esteve lá, nunca nem chegou a Cabritos. Foi um golpe, um truque, um plano para estraçalhar ainda mais meu coração já tão combalido. Decido voltar de ônibus jogando, página por página, meu manuscrito pela janela. Mas são apenas cento e seis míseras folhas de papel. Não dá nem um efeito visual impactante para a versão cinematográfica do livro, que me dará fortunas mais tarde, os atores na capa da segunda edição, minha grande vingança, blá-blá-blá... Decido sair do apartamento de Ana e me casar com Verônica. Mas... Não! Claro que não! Desculpe, amigo leitor, mas ainda está muito cedo para isso. Como é que eu vou me defrontar com Ana nessa escuridão em que me encontro? Sem terminar de ler seus diários, sem as respostas de que preciso. Vou chegar como inquisidor, crivando-a de perguntas? Isso só para falar da minha motivação, sem mencionar o clichê de tomar um toco e correr para uma solução banal com Verônica. Foi para isso que virei escritor? Calma, Daniel, lembra do Maurice Blanchot: "Mas a verdadeira paciência não exclui a impaciência, está na sua intimidade, é a impaciência sofrida e suportada sem fim." Suporta, Daniel, tenha forças. E, por favor, companheiro leitor, não me abandone por esse desvio. Não me deixe sozinho nessa aventura.]

Aos 12 anos, Ana começou a ganhar corpo de mulher. Os garotos da vizinhança gostavam de chamar as meninas por nomes de comida. Nós nem sonhávamos em comê-las. Nem beijar a gente tinha beijado, ainda. Mas os apelidos nos divertiam.

A Regina, uma gordinha, era o Jantar. A Cris, uma baixinha bonitinha, era o Lanchinho. E quando chegou a vez de escolher o cognome dela, o Nilson saiu na frente e mandou: "Brigadeiro – a coisa mais gostosa do mundo!" Era forte. Mas poxa, aquela coisinha linda, Brigadeiro? Isso é pra homem! Então o Nilson veio com outro apelido, e fomos unânimes: Ana era a Sobremesa.

Sempre fui o garoto mais tímido e, no fundo, achava esses apelidos de comida uma coisa meio estranha. Quer dizer, não era sexy. Mas quando veio a palavra sobremesa, alguma coisa em mim sorriu e consentiu. Eu sabia que a Ana ia ficar uma fera quando descobrisse. Como ficou. Era um elogio às avessas para uma menina, convenhamos. No entanto, foi o único apelido que pegou. Sobremesa era ela: aquilo pelo que se espera, a primeira coisa que tiram da gente quando a gente vacila, o que se esconde dos outros, o que se guarda, o que se quer sempre mais.

Ao longo da vida, fui me esquecendo desse apelido. Mas meu gosto por ela sempre foi esse.

Você, caro leitor, talvez se pergunte o que eu faço nos dias em que não escrevo.

Nada.

Vejo televisão, vou ao Joia conversar com o Marcos Cunha, que separou pela oitava vez da mesma mulher e não quer falar sobre o assunto, bebo cerveja, jogo bola, fodo a Verônica – que anda sumida fazendo uma consultoria para um restaurante de hotel em Mangaratiba –, toco punheta, durmo.

Às vezes, nado no Flamengo, que deixei de pagar, mas que ainda me recebe – aquilo é meu verdadeiro lar, depois do Joia. Às vezes, bato cabeça na frente do computador. Outras, nem isso. Então, leio os cadernos de Ana. E roubo. Mas isso só acontece quando dá tudo certo. A maior parte do tempo, só leio, e então penso, penso, penso...

Fico esperando que alguém venha me buscar nessa masmorra de delicadeza onde me escondi, enquanto fumo cigarros e o tempo passa.

Ninguém busca ninguém. As pessoas se encontram na sarjeta, que é lugar possível, e se viram como podem, inventando.

Que lugar é esse onde me escondo e de onde não sei mais como sair?

Se ainda tivesse deixado pistas...

Não deixei linha vermelha, miolo de pão, mapa, pedra sobre pedra.

Nem lembro mais como vim parar tão longe, sem me mover um milímetro, com meus próprios pés.

05/02/2003

– **Não lembro, Dani, não adianta.**

– Você bloqueou.

– Por que eu faria isso?

– Pode ter sido branco etílico.

– Numa fase específica da vida? Só nessa? Logo eu, que tenho tanta coisa mais importante pra esquecer?

– OK. Não quer assumir, não assume. Mas a gente transou no reservado do japonês também.

– Qual?

– Aquele de São Conrado.

– Ah, agora dá pra começar a acreditar.

– A gente tava descobrindo o saquê. Você tomou dois e se deitou no tatame.

– E você abusou de mim, de novo.

– Para com essa fantasia de mocinha dominada que isso é muito caído. Eu contei que tava saindo com a Fabiana, e você ficou com ciúmes.

– Da Fabiana?

– "A bunda dela não pode ser mais incrível do que a minha!", você disse e se ergueu levantando a saia bem devagarzinho.

– Eu nunca faria uma coisa dessas!

– Eu disse que você ia cair. Você resolveu fazer um quatro com as pernas, pra provar que não tava bêbada. E caiu que nem uma árvore, durinha, pra frente, gritando: "Madeeeeiraaa…"

– Porra! Eu vivia caindo!

– Mas levantou rápido. Olhou pra mim, séria, e veio engatinhando sentar no meu colo, de frente pra mim. "Sai daí, Ana", eu falei. "Não tá gostando?", você perguntou.

E começou a se mexer de levinho em cima de mim. Eu puxei o seu cabelo para trás e disse: "Para!" Você riu e não parou.

– E...

– E, porra, eu não sou de ferro, né, Ana? Abri a minha calça, puxei sua calcinha...

– E ninguém entrou pra servir nada? Impossível.

– Ninguém.

– E eu gostei?

– Típico de você, essa pergunta.

– Por quê?

– Não te ocorre perguntar se *eu* gostei?

Ainda que ela beijasse o babaca do Nilson depois do jantar, e reclamasse do gosto de macarrão da boca dele, eu tinha as minhas tardes...

Nunca fomos bons no nosso desejo, eu e a Sobremesa. Eu era mais forte que o Nilson, mais alto e muito mais legal. Soube que ela dizia que eu era dourado e estúpido. Eu não entendia o dourado. Estúpido é porque, devido à minha dificuldade de chegar nela e dar um beijo na boca, que eu nunca tinha dado, e à minha raiva por saber que ela dava beijos nojentos de macarrão no Nilson, eu só queria bater nela.

Ficava entrincheirado, todo final de tarde, esperando ela chegar da praia. Cada dia num lugar diferente. Embaixo da escada que dava na porta da casa dela, em cima das árvores, atrás dos carros, atrás do muro do vizinho... Esperava ansioso, tocaiando a Sobremesa com uma lata de talco na mão.

Quando ela aparecia molhada, de biquíni, salgadinha, eu ficava doido. Meu coração disparava porque ia começar a guerra. Via a Sobremesa chegando e meu coração bombava, porque era a minha chance de lambuzar ela toda de talco e sair correndo, antes que ela pudesse alcançar a lata dela, escondida embaixo da escada, para revidar.

Quando ela estava toda branca de talco, feito um fantasma, eu não corria para a minha casa como vencedor-covarde. Ficava esperando ela voltar com o seu talco, correndo brava em minha direção. A Sobremesa branquinha vindo me pegar. Ela corria muito. Era mais rápida que qualquer garota. Mas eu, homem, mais velho, só deixava ela chegar perto quando queria.

Tinha dias em que eu queria ela louca, e não deixava chegar perto, ou só o mínimo necessário para ela achar que ia conseguir. Depois eu fugia, sem um pontinho do talco no corpo. Outros dias, eu deixava a Sobremesa me cobrir de talco, só pra ela ter o prazer de ganhar. Algumas vezes ela estava esperta, e conseguia me vencer sozinha. Eu gostava da cara de vitoriosa que ela fazia, a Sobremesa.

Era um equilíbrio tênue. Se não conseguia me acertar, ela ficava frustrada e voltava para a casa. E se conseguia, dava-se por vingada e ia embora. Eu tinha que ser um excelente jogador para tê-la toda para mim, correndo. Para a brincadeira durar até que a gente ficasse exausto, ou que alguma mãe surgisse para dar bronca. Se bem que as nossas mães deviam curtir, já que nunca faltou talco para nenhum dos dois.

Foi um verão inteiro assim, com essa correria no fim da tarde – a hora da Sobremesa. Antes dos beijos nojentos de macarrão com o Nilson, depois do jantar. Que ódio eu tinha deles! Queria matar. Ficava jogando videogame puto da vida. Só porque, enquanto a gente estava se paquerando, eu e a Sobremesa, o babaca do Nilson foi mais rápido e saiu beijando com aquela boca podre de macarrão? Como é que ela pôde ser tão fácil, tão idiota? Só porque ele chegou primeiro?

É porque não gostava de mim. Claro! Se ia logo beijando o primeiro mané que chegasse falando qualquer bobagem para ela, era uma burra, uma piranha.

Toda noite, eu só pensava em cobrir a Sobremesa de talco no dia seguinte, enquanto atirava para todo lado no Space invaders. Mal sabia eu que meu papel naquela história era fazer as preliminares, para o babaca com a boca suja de macarrão finalizar a jogada.

– **Assim, você faz parecer que eu sou alcoólatra.** Eu não tenho problemas com álcool!

– Todo alcoólatra diz a mesma coisa.

– Deve ter sido ruim. É por isso que não lembro. Apaguei da minha mente de tão ruim que foi transar com você.

– Vai ver você não gostava do meu hálito.

– O quê?

– Vai ver você sentia falta do gosto de macarronada.

– Que isso, Daniel? Do que você tá falando?

– Nada, esquece. Quer saber? Você se amarrava! Só que sempre foi covarde e precisava de talco, uísque, saquê, tinha que arrumar sempre alguma desculpa pra ter coragem de gostar de mim.

O corpo fechado
Se mede no espelho
Não entende amor
Só desejo
O corpo solitário
Cego, ignorante
Não existe
Não contém
Não cabe em si
Moldado, moldado, moldado
Com medo de perder o controle
Apertado
Escondido
No alto da masmorra
Sob nuvens de fumaça
Encolhido

10/03/2003

E quando pensei que finalmente teria paz para não escrever, a campainha toca. Verônica tinha voltado de Mangaratiba, torrada de sol, com quinhentas sacolas de supermercado.

– Está de mudança?

– Ainda não. Vim cozinhar!

– Às dez da manhã?

– Criar em cozinha de restaurante é um saco, cheio de gente espiando, ninguém merece. E lá em casa, sozinha, eu não gosto.

– Por acaso te ocorreu me perguntar se podia?

– Não vai dizer que estava morrendo de saudades de mim? Tem séculos que a gente não se vê! Você nem pra ligar e saber como eu tava em Mangaratiba!

– Já acabou o trabalho lá? – perguntei desanimado.

– Agora é que eu vou começar a criar o cardápio, pra depois implantar no hotel. Daí eu vim aqui pra você ser a minha cobaia.

– Vai criar o quê?

– Não resolvi ainda. Quer peixe? Carne? Massa? Tem tudo aqui. Só não me pede frango que é uma ofensa.

Passando por mim com suas sacolas, muito à vontade, Verônica foi entrando e espalhando as compras pela bancada da cozinha de Ana.

– Não vai me dar nem um beijo, Daniel?

Dei um beijo nela, que foi logo pegando o meu pau. Ele, pelo visto, sentiu mais saudades de Verônica do que eu.

– Eita, que beleza! – ela disse contente. – Ainda bem que ele se comunica comigo – e dirigindo-se ao Animal, seu aliado, desculpou-se: – Agora não, tá, querido, que a

Verônica tem que criar; mais tarde. – E pediu: – Abre uma cerveja?

– Às dez da manhã?

Até para mim estava cedo demais para beber.

– Larga a mão de ser careta, Daniel!

Estava claro que, bebendo ou não, com aquela mulher na minha cozinha seria impossível seguir trabalhando. Me dei por vencido, abri a cerveja, entreguei a ela, e resolvi observar uma pessoa criando em outra esfera de conhecimento. Foi nesse momento que comecei a odiar Verônica.

Pensa que ela titubeou? Nem uma fração de segundo. Saiu picando coisas numa velocidade industrial. Tomates, cebolas, alhos, cenouras, pimentões vermelhos, verdes, amarelos; se houvesse pernas, dedos e braços, teria picado também. Imaginei pedaços do meu corpo virando um sopão na banheira.

Um amigo uma vez alugou um apartamento em Nova York baratérrimo, e passou a se considerar um escolhido da sorte. Até que, meses depois de instalado, começou a receber cartas vindas de um presídio americano, endereçadas a ele. Quando chegou a terceira carta, ele não suportou mais o suspense, abriu e leu. Era de uma mulher. O idiota achou sexy se corresponder com uma presidiária e começou a responder as cartas. Ela pedia ajuda, não sabia quem ele era, escrevia para o novo locatário do seu ex-apartamento. A detenta se dizia inocente. Queria um novo julgamento. Marcelo (era esse o nome dele), um cara sensível, se emocionou com a moça, principalmente depois de receber a foto de uma lourinha de 24 anos, meio gótica, toda tatuada, com olheiras na altura dos peitos – grandes, diga-se de passagem. E foi investigar.

A curiosidade é a maior inimiga do homem. Em duas ou três conversas com vizinhos, Marcelo descobriu que a garota era *junkie* e que, depois de perder o emprego de garçonete (ela também era atriz, como todas as garçonetes de Nova York) e ficar sem grana para comprar pó ou heroína ou sabe-se lá o que ela curtia, resolveu namorar o *dealer* e botá-lo para viver no apartamento. Em pouquíssimo tempo, o cara começou a dar um defeito atrás do outro. Ela se arrependeu e mandou ele sair fora. Depois de um quebra-quebra horroroso, que todos os vizinhos ouviram bem quietinhos em seus apartamentos, o *dealer* desapareceu para sempre da face da terra. Nessa mesma época, a moça, atriz desempregada, passou a servir um sopão de legumes com carne na rua, para os *homeless*. A polícia concluiu que... Enfim...

Os vizinhos falaram em picadinho. Feito na banheira. Mas Marcelo estava tão feliz com o apartamento que resolveu acreditar que a história do *dealer* que tinha virado sopa era uma lenda urbana. Por dúvida das vias, passou a rasgar sem abrir as cartas da presidiária e nunca mais tomou banho de banheira.

Verônica largou tudo na cozinha e foi até a sua bolsa, na sala, de onde veio com um CD na mão.

– Põe pra mim?

Estava pronto para uma trilha de novela, mas era um disco de um artista só.

– Salsa? Por que salsa?

– Porque é animado, ué!

Botei o disco, e a casa foi invadida por um clima que, tenho certeza, desconhecia até então. Agora me diga: como é que alguém consegue criar com uma salsa bombando nos tímpanos?

– Você não sofre pra criar? – perguntei.

– O quê? – Verônica estava com um filé de brontossauro na mão, jogando na panela. – Costela de cordeiro. Gosta? – perguntou sorridente.

Verônica seguiu cantarolando e fazendo uns requebrados, enquanto picava, refogava, dourava, sei lá o que mais. Resolvi abrir a segunda cerveja. Careta, eu não ia aguentar aquela animação toda.

Uma hora depois de iniciado o seu processo de criação, ela tirou um suflê pelando do forno.

– Merda! – vociferou.

O suflê estava solado. Foi o que compreendi do seu aspecto ananicado. Finalmente teremos um drama!, pensei. Frustração, ódio, revolta, impotência, eu estava ansioso para ver como uma chef reagiria a um fracasso em sua obra, mesmo que fosse do tamanho de um pirex.

Verônica, sem muita comoção, repetiu: "Merda!" E virou a gororoba toda no lixo. Só isso?, pensei. Não é possível!

– Porra, vou ter que tentar de novo – ela disse, com a contrariedade de quem diz: esqueci uma coisa lá embaixo, no carro. – Cadê a batedeira?

Era só isso? Ela já tinha mudado de assunto e estava atrás de uma batedeira? Não ia gritar, maldizer, quebrar coisas, chorar, espernear?

– Cadê a batedeira, Daniel?

– Oi?

– A batedeira. Tá surdo? Cadê? – ela dizia, enquanto abria e fechava portas de armários, atrás do maldito eletrodoméstico. – Vem cá, essa casa não é de mulher? Como é que não tem batedeira? Essa criatura nunca bateu um bolo na vida? Pelamordedeus!

E seguiu, sem batedeira, batendo ovos no braço, errando e acertando, jogando fora e recomeçando, sem se abalar nem sofrer mais do que um "Merda!" esporádico, seguido de mais leites, queijos, farinhas...

Puta que pariu! Será que todo mundo à minha volta consegue criar, menos eu?

A vaca da Ana escreve aquelas coisas todas, larga para trás como se fosse lixo e vai brincar de Kerouac improdutiva. O Marcos Cunha vive no Joia, se separa quinze vezes por ano da mesma mulher e aparece com essas trilhas foda de filme de surfe. Essa porra dessa Verônica está se divertindo na minha casa, ouvindo salsa, e ainda ousa dizer que está criando? Cadê a dificuldade? Cadê o vazio, o silêncio, o medo, a bateção de cabeça?

Como alguém ousa dizer que gastronomia é arte? Uma porcaria que você faz ouvindo salsa, dura meia hora e é cagada duas horas depois. Porra, será que ninguém, além de mim, sofre para botar uma coisa no mundo?

Quatro horas depois, o tal suflê parecia uma nuvem de queijo, e a costela de cordeiro saiu da panela, descolando dos ossos, macia como manteiga. A sorte de Verônica é que o maldito cordeiro estava bom pra caralho. Senão, a uma hora dessas, ela e sua criação podiam estar boiando na banheira do apartamento da Ana, prontos para serem transformados em literatura minimamente atrativa ou em jantar a ser ofertado aos mendigos inexistentes do Jardim Botânico.

Será que se faz de uma só vez?
Ou é como a casa: todo dia um saco na lixeira.
O que não serve mais, o supérfluo, o que passou do prazo, o que ficou velho, o que azedou.
Nunca deixar as coisas apodrecerem na geladeira.
Cozinhar, comer, jogar fora.
Deve ser assim que a alma se liberta.

15/03/2003

Não me lembro de nada.
Verônica está puta comigo e finge que sumiu.

Neto e Marcos Cunha me deram parabéns ontem na praia, e não me deixaram pagar as cervejas que bebi.

Provavelmente, o Carnaval foi muito bom.

Mentira. Lembro de uma coisa.

Lembro de ter beijado uma bailarina de máscara.

Era ela, a Ana, tenho certeza, na quarta-feira de cinzas, em plena estreia triunfal do bloco Me beija que eu sou cineasta, disfarçada, sem coragem de me enfrentar.

A bailarina pulou nos meus braços, toda suada, e me deu um beijo lento, lento... Tudo girando ao redor, o som da banda sumindo, as pessoas sumindo... "Um pierrô apaixonado, que vivia só cantando...", as cornetas distantes, confete, serpentina, o gosto amargo da bebida, o gosto doce da Sobremesa, o Carnaval depois do seu fim. Na prorrogação, na milésima cerveja, no sol a pino, ao meio-dia, ela surge, linda, de tutu, para salvar a partida, tudo rodando, o som longínquo dos metais, o calor, o bumbo tum-tum, tum-tum, tum-tum, pensei que o mundo podia acabar ali, naquela hora, que não importava, eu podia me derreter naquela boca, naquela língua, naquele corpo, no suor, no cheiro dela.

A bailarina se soltou de mim e, num rodopio, partiu. Tudo lento, rodando, não consegui alcançá-la. Ana! Ana!, gritei tanto para um tutu distante, sem conseguir me mover. "Por causa de uma colombina acabou chorando, acabou chorando..." O volume da música aumentando, as pessoas aos pulos na minha frente, a bailarina sumindo de vista. Ana! Não me deixa. Não outra vez. Ana! Ana! Ela não me ouviu.

Março. Começou o ano no Brasil.
Reservas financeiras na rapa da lata de goiabada.
Finalmente, um dos currículos que joguei na praça serviu para alguma coisa. Recebi um telefonema. Alguém me oferecendo a apresentação de um programa de TV a cabo, com salário de merda.
Fui à entrevista.
Enquanto esperava, reconheci algumas personagens do passado circulando pelo corredor: o babaca que se aproveitava de estagiárias, o alcoólatra misógino, o metrossexual descontrolado, o gente boa medíocre... Todos passavam de um lado para o outro, não sei se ao acaso ou para me espiar ali sentado, depois de tanto tempo afastado do jornalismo. Para mim, que agora vivia queimado de sol e de bermudão, aquelas figuras pareciam fantasmas, mortos-vivos saídos das tumbas das redações. Resolvi afastar os pensamentos sombrios da cabeça e focar no café velho e amargo que me deram para passar o tempo.
Meus potenciais novos chefes disseram que eu estava com a cara inchada, mas seguiram me entrevistando.
– É um programa tipo talk show, uma coisa nova, informal, com esportistas, takes de treino, bate-papo, os caras que saíram do morro e viraram milionários, os hábitos simples sobrevivendo aos condomínios de luxo, a relação com os amigos que viraram traficantes... Se colar, podemos arrumar uma grana melhor na segunda temporada, você pode até ir a Milão, Barcelona, Manchester...
Pensei em Ana. Imediatamente fui acometido por um ataque de tosse, que insistiu em durar inacreditáveis dez minutos.

Fui dispensado pelo diretor do programa com o seguinte diagnóstico: alergia ao jornalismo.

O ano mal começando e eu já expectorando uma possibilidade de alguma concretude na minha vida. Agora só restava me digladiar diariamente com minha mediocridade e seguir com essa infâmia que resolvi chamar de livro.

Duas pistas:
Vinte e três graus de inclinação para um lado, vinte e um graus para o outro – progredindo. Escoliose braba. Aos 12 anos a espinha dela estava virando um S.

Quiseram engessar a menina por três anos, até que parasse de crescer. O drama terminou com um colete pequeno, uma espécie de espartilho de couro grosso e barras de ferro – o melhor que se pôde fazer. Nunca mais guerra de talco, correria, praia depois da escola. E lá se foi a Sobremesa para a cama, porque não dava mais para aventuras físicas com a armadura que lhe arrumaram.

A outra pista é que começou uma guerra familiar, onde todos perderam. Ana, que queria fugir de casa, deitou-se numa cama, rodeada de livros, e só se levantou outro dia, quando fez as malas, pegou o passaporte e sumiu.

– **Cala a boca e escuta!** A questão, seu cretino, é que teve uma hora em que eu queria morrer. Só que isso não tinha nada a ver com não querer mais viver. Eu só odiava a minha vida. Ou o que ela tinha feito comigo. Daí inventei essa palhaçada de escritora. Só que foi pior, porque eu não tenho imaginação nenhuma. E escritor sem imaginação serve pra quê? Então só sobrava me matar. É uma merda ser suicida, não sendo. Aí eu inventei que, bem melhor do que ficar sentada em casa cavucando as minhas dores que não têm cura, achando que esse masoquismo é literatura, eu ia é viver histórias.

– Ana, todo mundo tem problemas! Você não é a única, sabia?

– E aí, Daniel, eu fui.

– Você não tá me ouvindo!

– Não tenho nada a perder. Qualquer coisa que me aconteça nesse caminho é melhor que a morte.

– Como você é dramática!

– Eu sou trágica. E aí vem você, que resolveu ser escritor porque eu resolvi, e quer que eu fique refém da sua historiazinha, porque precisa de coadjuvante. Eu tô te dizendo há séculos que não vou, não quero, me recuso a voltar pra isso. Se você não entende, problema seu.

– O que é que te sobra agora, Ana? Você tá se segurando em quê?

– Não me seguro em nada, Daniel. E ainda assim, eu não caí.

Então, no meio da madrugada, ela abriu os olhos, e eu tive a sorte de estar ao seu lado.

Entrar naquele quarto já era uma prova de amor em si, mas disso Ana não sabia. Ela estava tão doente, que não podia nem ser transferida para uma unidade de terapia intensiva. Seu corpo, naquela altura, era uma bomba de bactérias capaz de infectar uma UTI, e os amigos e parentes que iam vê-la eram avisados de que estavam correndo risco de vida, só por pisar no cubículo onde ela estava de quarentena.

– Estou com medo de morrer – ela murmurou.

– A gente só morre quando quer – respondi, tentando acreditar no que dizia, injetando toda a energia que me restava naquelas palavras.

Foi preciso quase uma década para que, num telefonema, ela falasse baixinho, como quem confessa um segredo:

– O que você disse, ali, naquela hora, ficou flutuando na minha mente, mesmo quando eu tava em coma. – E tomou fôlego para falar ainda mais baixo – Não desiste, Dani, não abandona o seu livro. Acredita no seu texto, ele já salvou a minha vida.

E dessa vez eu não soube o que dizer.

Alguém em mim quer viver mais do que eu.
Falamo-nos pouco.
Ela tem o péssimo hábito de gritar.
Embora seja mais eficiente quando opera em silêncio.

14/04/1997

Não era necessário, aos 20 anos, quase morrer por causa de uma gravidez, perder filho e pai num intervalo de cinco meses. Não combinava com ela. Sua altivez se desfez. Ana se dobrou, se quebrou, se apagou por completo.

E eu, covardemente, tive medo de testemunhar a ruína.

Era um exercício grande demais buscá-la dos escombros, e preferi acompanhar de longe.

Quando, depois de meses, saiu do hospital, Ana estava frágil, doce, acessível, como nunca havia sido. Era só pegar. Mas não tive coragem. Não era aquela a minha garota. Seria covardia.

Mais uma vez perdi a pole position. Dessa vez para um playboy desgovernado.

Tragam já um responsável.
Uma culpa que se possa expiar.
E estarei salva, penitente.
E a ordem se restituirá.

20/04/1997

Ana caminhava para dentro dela. Ali não havia rua, estrada, caminho, nada. Vagava no escuro.

Até que chegou num ponto em que sabia que um passo adiante significaria não estar mais viva.

Nesse lugar não havia Deus, porteira, retrospectiva da vida em Cinemascope, luz, dor, medo... Havia somente o escuro, ela, uma linha invisível, e a certeza de que, se passasse para o outro lado da linha, não estaria mais viva.

Essa certeza vinha acompanhada de outra: ela, como se entendia, não acabaria.

Não haveria mais tempo, não haveria corpo, não haveria vida.

E ainda assim, ela persistiria.

"É isso a morte?", pensou.

"Fizemos o possível", os médicos disseram.

E então, Ana relaxou. Se era só isso morrer, um contínuo de si mesma sem forma, ela assentiria em se deixar levar.

Daí em diante, ganhou vida.

Durante muito tempo, era essa sua certeza absoluta, mística e sem nome: a morte não acaba.

Depois, passou a acreditar que, talvez, sua certeza mística e absoluta não fosse nada além do efeito da dolantina no sangue.

A razão invadindo tudo. Mais uma vez.

Pouco se importou.

Passou a chamar sua certeza mais absoluta, mística e sem nome de *Sister Morphine* e seguiu adiante.

Decreto agora o fim dessa babaquice psicanalítica de que as respostas estão dentro de você.

Dentro de mim não há resposta alguma. Há, sim, pulmões, pâncreas, rins, fígado, duzentos pontos de fios de cobre, sangue, ossos, músculos, neurônios, hormônios, coração, cidades e desertos que pouco conheço, e uma quantidade imoderada de desejos caóticos, intensos, pouco fundamentados, para os quais não existe correspondência na realidade.

E é tudo.

30/11/1997

— **Liguei pra te dizer que vi um arco-íris na chuva.** Arco-íris é milagre, não é? No caminho de San Gimignano, quase na altura de Poggibonsi, perto de um castelo.

— Resolveu inaugurar a fase GPS? Agora eu vou ter a honra de saber onde você tá? Eu tô tentando escrever um livro, Ana, será que dava pra você parar de bancar a cigarra do telefone e me deixar trabalhar em paz?

— Credo, que mau humor! Só liguei porque pensei em você, Daniel. Sempre que eu tô feliz, penso em você. Queria te arrancar daí, te mostrar as coisas bonitas. A vida é tão bonita, Daniel. Levanta dessa cadeira, larga esse computador, sai de casa, vem viver!

— Tô vivendo. Exatamente como eu sempre quis. Só falta você aqui. Eu devia ter te capturado enquanto podia. Quando você tava naquele hospital, jurei que, se você saísse, eu te pegava. Que ninguém ia tomar você de mim outra vez. E aqueles caras lá te rondando, aqueles caras que não saíam daquela sala de espera, aquele seu namorado ridículo... Que ódio eu tinha daquele palhaço, te levando bombom, disco, livro...

— O Sol e aço me tirou do hospital. Por que a gente nunca falou disso?

— Um dia, te chamei pra jantar na minha casa. Te cerquei tanto... Você inventou que tinha festa, que iam passar na tua casa pra te pegar...

— Te liguei quando voltei, pra dizer que tava tarde e eu não ia.

— Eu disse que ia te esperar com a porta aberta.

— Parei na frente do espelho com o telefone no ouvido, levantei a blusa, olhei para aquelas cicatrizes todas... Como era difícil olhar praquilo!

– Quase enlouqueci com a possibilidade de você não ir.

– Juro que pensei: "Um dia vai ter que acontecer. Um dia alguém vai ter que ver. Não posso deixar de viver aos 20 anos. Se tem que ser, vai ser hoje."

– Fumei um maço inteiro te esperando.

– Não sei com que coragem peguei o carro, atravessei a cidade e cheguei a sua casa. A porta tava aberta, tudo escuro, aquele corredor imenso, eu tateando pra achar o seu quarto, lá no fundo. Você tava dormindo, debaixo das cobertas. Te acordei com um beijo no rosto, você me abraçou e me puxou pra perto. Você tava nu, me esperando. Acho que nada na vida me emocionou tanto quanto você, nu, com a porta aberta, no escuro, me esperando. Nunca vou me curar disso. Um homem lindo, nu, de porta aberta, me esperando. Você me beijou, tão calmo, o gosto da sua boca eu nunca senti igual, o seu cheiro… Você me tratou com tanto carinho. Tirou a minha roupa devagar, no escuro, você fez ser fácil pra mim. Beijou as minhas cicatrizes. E eu sem saber se morria ou se vivia. Você me pegou naquela hora. Quando entrou em mim, com a calma de um santo, foi como se tivesse acontecido um milagre. Uma alegria! Eu, que tinha me condenado à solidão… Você me roubou da morte. Me trouxe pra vida com os seus olhos, que não desgrudavam dos meus, com o seu pau. Você me trouxe de volta naquela hora, salvou a minha vida. Só que… Pera aí! Que que você tá fazendo, Daniel? Esse não é você. Esse é o Fred! Por que você tá roubando a história do Fred? Por que você tá roubando a minha história?

Eu tinha chegado a esse nível de mendicância, caro leitor.
Daniel Teixeira agora roubava memórias.

Quem são as pessoas que escrevem biografias e por quê? Por que raios uma pessoa decide se debruçar sobre a vida de outra?

Há de ser um sentimento muito forte, que pode perfeitamente ser o ódio.

A verdade é que, para escrever uma biografia, você faz um mergulho na vida de outra pessoa, sem saber onde fica o fundo. Você sempre pode voltar, antes que os peixes comecem a ter olhos fluorescentes, antes que o ar da garrafa acabe e venha a apneia. Mas com que culpa se volta da vida do outro, sem chegar à mais profunda areia, sem conhecer seus galeões naufragados, seus tesouros e tubarões?

Talvez o desejo do biógrafo seja só o de esquecer a própria vida. Mergulha-se no outro sem saber se vai haver ar para voltar, só para não mergulhar em si mesmo.

Não sei por quê, mas acho que é idolatria. Uma vida que você admira ou que talvez cause arrepios, ou as duas coisas. Por que alguém faria a biografia de Hitler, fora o fato de que é necessário que alguém o faça?

Dizem que não há ficção que não seja autobiográfica nem autobiografia que não seja ficção. Isso deve colocar as biografias numa categoria de subliteratura.

Quais proporções de amor e ódio devem entrar num texto biográfico? Entregar uma vida de bandeja para o mundo, com todas as suas falhas, segredos, dores, vexames... Até onde o amor pela pessoa biografada permite que você a exponha? Até onde o amor que você adquire por ela, no ato de escrever, muda a história? Até onde ela, viva ou morta, interfere no seu trabalho?

Certos estão os documentaristas, que chamam a qualquer um que se arrisca em frente às suas câmeras de personagem. Afinal, são tantos os recortes: do que a pessoa escolhe mostrar, do que você escolhe filmar, do que o montador escolhe deixar no filme... Não se pode chamar de pessoa a imagem do ser que resulta na tela depois de tantas camadas de subjetividade. Se bem que, editar por editar, quem não se edita para uso externo?

Meus problemas aumentaram. Tenho infinitas lacunas: tudo o que não sei, e o que não quero que saibam. Ana me amaria por poupá-la? Com certeza não me amaria por uma história medíocre que a protegesse.

Amo mais a ela do que ao leitor. O que, em última instância, significa que amo mais a ela do que a mim. Afinal, um autor que não trabalha para o leitor, trabalha para quem?

Sangue tem razão.
Alegria tem sangue.

20/03/2003

– **Você tem que sair da frente desse computador,** Daniel. Você tá ficando maluco, não tá mais falando coisa com coisa.

– Para de show.

– Você tá misturando realidade e fantasia.

– Até que enfim um elogio! Será que finalmente eu tô virando um escritor?

– Não tinha pensado nisso. Pode ser. Quanto é dois mais dois?

– Cinco.

– Quem matou Odete Roitman?

– A Cássia Kiss.

– Depois da tempestade, vem...?

– A leptospirose.

– Tá bem. Você não tá maluco. Então...

– Será?

– Um escritor de verdade, desses que escrevem livros? Não, você não faria uma coisa dessas comigo, Daniel.

– O que você está fazendo aí, Ana?

– Vivendo.

– Vivendo o quê?

– Conhecendo lugares, pessoas...

– Pra quê?

– Porque é bom.

– Bom por quê?

– Que saco! Quanta pergunta! Me deixa!

– Por que você escolheu ser medíocre?

– Desde quando viver é ser medíocre?

– O que você quer? Não ter que pensar, se esforçar pra ser melhor do que é? Se isso não é ser medíocre, não sei o que é. Você queria ser escritora. Aí deu uma tentadinha, se apavorou com o tamanho da buraca e saiu correndo, com essa história de viver. Viver o quê?

– Os dias. As horas.

– Ah, não fode!

– Não fode, você! O que é que eu vou fazer? Ficar aí, punhetando sobre o papel, só porque você quer? Só pra você não se sentir sozinho? Pra não ver o ridículo da sua situação? Só pra ter outra desesperada, frustrada, pra tomar chope com você e reclamar da vida? Eu cansei, Daniel! Eu tenho uma espada na cabeça!

– Espada na cabeça, Ana? Que espada?

– Se viver o melhor que eu posso, e esquecer isso enquanto é possível, é ser medíocre, então eu vou ser a abelha-rainha dos medíocres, e isso não é da sua conta!

– Que espada na cabeça? Fala! Você tá doente?

– E tem mais: escritor é gente que escreve, inventa tramas, cria universos, personagens. Eu só sei olhar pro meu umbigo infeccionado, e, quer saber? Ele me encheu! Ele e você! Tchau, Daniel!

– Não desliga!

Resolvi levar F., crítico de gastronomia e amigo de longa data, para experimentar a comida de Verônica. Achei que era uma boa forma de me redimir do... Sei lá de quê – com Verônica, estou sempre culpado.

De cara, cometi um erro: liguei para ela de manhã, para avisar que iria jantar no restaurante e levaria o F. comigo. Verônica teve um ataque:

– Não acredito! O F.? O F. da gastronomia do jornal?

– Claro, porra, quem mais?

– Você conhece esse cara? Uau!

Me senti foda nessa hora. Eu andava bem fodido, mas tive uma vida de yuppie infeliz que estudou em boas escolas. Pelo menos bem relacionado eu era. Mas a alegria de Verônica durou exatos três segundos. Em seguida, veio uma excitação histérica, mixada a um desespero legítimo.

– O F. no meu restaurante? Jesus! Tenho que fazer compras!

Duas horas depois, fui proibido de levar meu amigo ao restaurante, porque Verônica não tinha encontrado o hadoque que queria e estava histérica.

Segui trabalhando. Ou melhor: batendo cabeça no computador.

Mais meia hora e ela ligou dizendo que nós podíamos ir, porque ia substituir o insubstituível hadoque por bacalhau.

Outra meia hora e ligou novamente, agora radiante porque o seu trafica de peixe tinha descolado uns hadoques no mercado negro pelo preço de um vestido novo – na moeda dela.

Tirei o telefone do gancho. Desliguei o celular. Ninguém me ligava mesmo, fora Ana. Para mim estava super OK passar sem Verônica e os telemarketings até o final do dia.

Chegamos pontualmente ao restaurante. Verônica estava com seu uniforme de chef vermelho, sua roupa de gala. Ela e F. já se conhecem, o que achei meio estranho, já que nenhum dos dois tinha mencionado o fato. Será que esse puto já pegou a piranha? Fodam-se, pensei. Se saíssem de lá juntos, talvez fosse meu melhor negócio em anos. Cheguei a suspirar de alívio, pensando na vida tranquila que eu levaria em litígio com Verônica, e na liberdade que teria para bater cabeça em paz na frente do computador, sem aquela mulher berrando na minha janela dia sim, dia não. Esse pensamento me deixou tão leve que poderia comer um porco inteiro.

Infelizmente, minhas opções de entrada foram "Espuma de queijo parmesão, acompanhada de pazinhas de biscoito integral" ou "*Tris di Fungi*: champignon recheado, shitake e shimeji embrulhados no sabor de ervas", que Verônica anunciou com o orgulho de alguém que tivesse descoberto a cura da Aids. Fiquei com o queijo, porque F. preferiu os fungi.

O tal hadoque, que custou um vestido, valeu cada babado. Pensei inclusive em escrever uma peça curta, dessas do Beckett, só para ter duas personagens interdependentes que se torturam com o nome dele: "Haddock Allo Zafferano (que seria um nobre decadente) e Pepe Rosa" (seu criado *clown*, gay e mexicano).

Quando voltei do meu delírio teatral – que não resistiu aos gemidos eróticos do meu companheiro diante da comida –, o vinho branco tinha acabado, F. olhava para a garçonete com cara de lobo mau, e Verônica vinha caminhando triunfante em nossa direção. Parecia uma atleta depois de cruzar a linha de chegada em primeiro lugar: segura, equilibrada, madura.

F. rasgou uma seda violenta para os fungi e para a chuva de queijo – tinha levado metade do meu prato de entrada com a desculpa de que precisava provar, o cretino. "São sutis, com personalidade. Marcantes sem serem invasivos." Achei que estava descrevendo as personagens do pastiche de Beckett que eu pretendia escrever, mas era dos cogumelos e não de Zaferanno e Pepe que ele estava falando. Do peixe, disse que "os legumes na manteiga estavam perfeitos, al dente, e que o hadoque..." A essa altura Verônica já estava colada no teto do restaurante, inflada de vaidade como um balão de gás. "Bem... o molho do hadoque tinha um pouquinho mais de açafrão do que o desejável, mas não chegou a prejudicar o sabor, e a consistência estava muito elegante." E a sobremesa... "Que coisa divina a 'Tempestade de chocolate com frutas do bosque'! É criação sua, também?"

Verônica não conseguiu responder a essa pergunta porque já não conseguia conter as lágrimas que corriam pelas maçãs do seu rosto.

– Eu estraguei tudo – balbuciou, a voz trêmula. – Você nunca mais vai querer comer a minha comida. – E, numa espiral ascendente de drama, recebeu uma Nastácia Filíppovna de frente. – Merda de molho! Que merda! Eu sou um desastre! – E saiu correndo desabalada em direção à cozinha, como uma personagem louca de Dostoiévski.

– Tudo isso por causa de um açafrão? – perguntei a F.

– Chefs são passionais, pelo menos os bons – disse o nerd da comida, sem disfarçar uma expressão meio tarada de satisfação. – E não é *um* açafrão, Daniel. É *o* açafrão.

O processo criativo de Verônica, com salsa e sem angústia, não tinha nada de artístico. Já a sua reação à crítica era a de uma diva alucinada. Ter um ataque histérico por causa de um molho e ainda deixar o babaca sádico que se refestelou com a boca livre se achando um fodão? Nessa hora, tive certeza de que a piranha já tinha dado para o cretino. Ninguém pode levar a crítica tão a sério. Ainda mais crítica de comida. Essa cena tinha muito mais subtexto do que poderiam fazer crer Haddock Zafferano, Pepe Rosa e o Beckett juntos! Fiquei puto. No fim das contas, o *clown* era eu.

Resolvi sair de cena. Levantei da mesa, sem palavras, e caí fora.

Voltei para os cadernos de Ana, para o Joia e para o nada na frente do computador. Estava inclusive começando a formular uma frase, quando tocou a campainha. Puta que pariu, lá vem a Verônica, pensei. Mas não. A trolha era maior: minha mãe.

– Já que você não me convida, resolvi me impor e ver como você está morando. Blá-blá-blá, blá-blá-blá, que bom que a Ana te emprestou essa casa, que bom gosto tem essa menina. Blá-blá-blá, blá-blá-blá, você está confortável aqui? Blá-blá-blá, blá-blá-blá, acho que você se precipitou quando entregou o seu apartamento. É lógico que as coisas iam se acertar, você é muito competente. Blá-blá-blá, blá-blá-blá...

Até que chegou ao real motivo de sua visita:

– Filho, seu pai tá muito preocupado com você.

O velho não se dignava sequer a pegar no telefone para falar com o fracassado do filho dele. Em vez disso, mandava sua embaixadora para negociar.

– Ele anda dando uns telefonemas. O Jorge, amigo dele da Telefônica, tá aposentado, mas ainda tem uns contatos na Oba, ou Opa, como é que virou o nome da companhia, mesmo?, eu assino outra do celular.

– Mãe...

– Ele acha que consegue um cargo pra você na assessoria de imprensa.

– Era só o que me faltava! Desde quando ele se autoriza a pedir emprego pra mim, e ainda por cima como assessor de imprensa?

– Filho, é o contato que ele tem. Você é jornalista. Ele tá preocupado com o seu futuro.

– Porra, mãe!

– Filho, você tá desempregado há meses!

– Eu tô escrevendo um livro!

– Eu sei. E acho lindo. Mas você sabe que seu pai é mais prático. Que aposentadoria tem um escritor?

– Mãe, o mundo vai acabar antes de eu chegar à idade de me aposentar.

– Lá vem você. Por acaso você tem algum informante no além pra saber? Tá recebendo o Nostradamus? E se o mundo não acabar? Quem vai pagar a sua aposentadoria? A gente não vai viver pra sempre pra te ajudar.

– E quem é que me ajuda?

– Você sabe que se precisar de ajuda é só pedir ao seu pai. A gente vive meio justinho com o pecúlio dele, mas nunca vai deixar faltar nada pra você. Se precisar, você muda lá pra Aníbal com a gente. Casa e comida não vão te faltar.

Pensei em me matar naquela hora sem esperar a idade de me faltar um pecúlio. Pensei em matar o meu pai, de ódio, e viver até a morte da minha mãe, justinho, com a aposentadoria dele. Em vez disso, servi uma limonada para ela, abri uma cerveja para mim e escrevi um bilhete para o pequeno ditador, proibindo-o de se meter com o meu desemprego.

– Entrega isso pra ele – dei o bilhete na mão dela.

– Pra que aborrecer o seu pai, que só tá com boa intenção?

– Pra ele parar de encher o meu saco.

– Mas ele não fez nada!

– Então manda ele fazer menos ainda.

Assim que a embaixadora da agonia saiu, entrei em paranoia. Se eu ainda estivesse realmente escrevendo um livro, se isso pudesse ao menos me garantir a ilusão de que eu poderia vir a ser um escritor pobre, já seria, pelo menos, uma certeza. Todos os escritores, com raríssimas exceções, são ou foram pobres. Eu podia ler Bukowski, John Fante, Dorothy Parker e encontrar parceiros que honrariam a minha penúria. Mas, encarando os fatos de frente, a única certeza inabalável que eu tinha naquele momento é que talvez meu pai estivesse certo e só me restasse mesmo o "pobre", sem o honradíssimo prefixo "escritor".

Trezentos reais pendurados no Joia depois, os portugueses já me olhando atravessado, liguei para o filho da puta são-paulino do caralho, meu ex-chefe.

– Você?

– Sim, eu. Vamos almoçar?

– Você sabe que eu só como socialmente – o otário gracejou. – Quer passar aqui e tomar um uísque depois do jornal das onze, na sexta?

Filho da puta, pensei. Ainda era segunda-feira. Melhor. Assim, ganho tempo para o meu fígado, e, mais importante, para o meu estômago, me preparando para o ato sublime de humilhação pública diante dele.

– OK. Passo aí, então.

– Até.

– Obrigado – e minha boca espumou de ódio, só por ter pronunciado essa palavra.

Esse encontro não ia ser fácil.

Corri para o único lugar onde ainda encontrava paz: os cadernos conflitados da maluca da Ana. Eu tinha perdido a batalha. Já não ia escrever porra de livro nenhum. Então, que o tempo que me restasse – antes da volta para a vida yuppie razoavelmente bem remunerada e infeliz, com vistas ao pecúlio justinho da aposentadoria – fosse gasto com o que me dava prazer nessa vida: Ana.

Deus escreve certo por linhas tortas.

E só quando está inspirado.

Na maior parte do tempo, que para Ele é infinito, tem bloqueio – como qualquer criador.

E você que se vire com a sua trama.

19/04/2003

Pisar naquela emissora, dar o documento na portaria porque não tinha mais crachá e aturar vinte e oito minutos contados no relógio esperando que o filho da puta do são-paulino do caralho se dignasse a me mandar entrar foi um pesadelo daqueles que fazem a pessoa acordar, dar um tiro na cabeça e dormir para sempre.

No meio de tudo, lá pelo décimo sétimo minuto de chá de cadeira, a garota do tempo, minha ex-noiva, passou.

Como a pessoa pode perder a sanidade a ponto de chegar aonde eu tinha chegado com essa mulher, só porque ela é gostosa? Como pude um dia pensar em viver com ela? Isso sim era insanidade, e não largar tudo aos 34 anos para escrever um livro. Mas, a essa altura, esses dois surtos, o casamenteiro e o literário, já eram passado, e eu estava ali, em perfeito comando de minhas faculdades mentais, pronto para ser reabilitado à sociedade, se ela – a sociedade e não a minha ex-noiva – aceitasse o meu mea culpa e me recebesse de volta.

A garota do tempo tomou um susto, deu um riso amarelo e reduziu o passo.

– Você, aqui?
– Sim.
– Alguém te chamou?
– Vim por conta própria.
– Ah.
Pausa dramática longuíssima.
– Estou namorando com o Alcebíades, do esporte.
– Legal.
– Boa sorte.
– Obrigado.

E pensar que vi essa vaca pelada, quinhentas vezes, fingindo orgasmo.

– Daniel! – a recepcionista me chamou.

A hora da humilhação tinha chegado. Fui autorizado a entrar.

Ele vinha caminhando pelo corredor e não parou para me cumprimentar. Saiu disparando enquanto andava:

– Então, tudo?

– Tudo – tive que responder seguindo-o em direção ao café.

– Ouvi dizer que você virou escritor.

– Mentira.

– Eu imaginava. Curtindo a vida?

– Adoidado.

– E o que te traz aqui? Saudades?

– Muitas.

– É, Daniel, um bom contracheque faz falta.

– Ainda bem que você é perspicaz.

– O Clóvis, do plantão do trânsito, foi pra São Paulo. Quer?

– Quero.

– O salário é menor. Mas tem carteira assinada, plano de saúde, décimo terceiro e férias.

– Excelente.

– Só tem uma coisa.

– Pois não.

– Você precisa escrever uma carta se desculpando.

– Sem problemas.

– Aliás, são duas coisas.

– ?...

– Na sua primeira semana de trabalho, tirando as suas entradas no ar, eu quero te ver vestido com a camisa número 1 do São Paulo.

O quê???, pensei. Isso era abuso de poder. Uma coisa é a pessoa se humilhar corporativamente, pedindo benção ao são-paulino do caralho, para ter o emprego de volta. A outra é abrir mão do mais profundo da minha identidade flamenguista para satisfazer um capricho desse babaca.

– A camisa do Rogério Ceni??? – E nessa hora olhei fundo no olho dele. – Não visto a camisa do São Paulo nem fodendo. Muito menos a do Rogério Ceni! Pode ficar com a sua vaga. E muito obrigado pela sua atenção – virei as costas e parti pisando firme.

– De nada, foi um prazer. Quando quiser, a proposta tá de pé.

Ainda ouvi o babaca me tripudiando baixinho, mas não voltei pra dar um soco na cara dele. Esse capítulo da minha vida estava encerrado.

Derrotado e mais vencedor do que nunca, resolvi que, dos cafundós da terceira divisão, viraria o jogo e voltaria por cima, com críticas na *Bravo*, no *Mais*, no "Prosa & Verso", um Jabuti, um prêmio São Paulo, e uma cadeira na Academia Brasileira de Letras, para foder com esse são-paulino do caralho. Ou eu não me chamava Robert Capa!

Amanhã não fumo mais.
Amanhã tenho disciplina.
Amanhã não bebo, não como doces.
Amanhã.
A partir de amanhã vou procurar alguém possível.
Amanhã não vai mais ser longe.
Vai ser hoje.
Agora.
E depois de agora, outro agora e agora e agora
e não vai mais ter amanhã.

03/05/2003

— **Pode parar de mentir,** Ana. Você tá aqui, eu sei. Te vi ontem.

— Viu? Onde?

— Num ônibus, em Copacabana.

— É mesmo? Indo pra onde?

— Pro Centro.

— E o que você acha que eu tô fazendo no Rio, em Copacabana, indo pro Centro?

— Sei lá. Vai ver você se encheu dessa vidinha zona sul e tá morando na Tijuca, escondida, escrevendo o seu livro. Com esse apartheid social do Rio de Janeiro, uma pessoa na Tijuca passa como se estivesse morando no Afeganistão.

— Não entendo como alguém com a sua imaginação não consegue escrever um livro, Daniel.

— Pro seu governo, eu estou conseguindo escrever o meu livro.

— Verdade? Sobre o que é?

— Uma história de amor.

— Taí uma coisa que eu sempre quis saber: que tipo de homem escreve uma história de amor?

— O tipo que ama?

— Teve uma época em que eu achava que esses divulgadores do amor na música e na literatura só tavam atrás de dinheiro.

— Ana, por favor!

— Vai dizer que quem faz isso não tá rico? Essas pessoas ficam contando essas histórias porque sabem que tá todo mundo desesperado pra acreditar no amor.

— Você tá precisando de um psiquiatra.

— O amor é a última utopia, Daniel. O capitalismo não deu certo, o comunismo e o socialismo micaram, o amor romântico é a última chance do ser humano não vagar sozinho num mundo que não faz o menor sentido.

– Não me admira você andar vagando pelo mundo feito barata tonta. As pessoas escrevem essas histórias por desejo, Ana. Pra tentar achar um lugar onde seja possível consertar essa cagada que é a vida, onde a gente nunca diz a coisa certa na hora H, nunca tá pronto, nunca corresponde ao que queria. Se tem gente que ganha dinheiro cantando histórias de amor é porque as pessoas querem desesperadamente acreditar que o sonho delas pode ser possível. Não é possível que você não entenda isso.

– Tá, entendi. É o mesmo princípio das histórias de super-heróis.

Verônica esteve aqui hoje. Trouxe o jantar, deu pra mim e ainda soltou a seguinte pérola, quando perguntei o porquê do chilique com F. na noite fatídica do hadoque.

– Gastronomia, se você não sabe, é a nova arte. Aliás, de nova não tem nada. Desde Luís XV é uma arte. Você não viu o filme *Maria Antonieta*? A moda voltou. O Ferran Adrià vai expor na Bienal de Veneza no ano que vem. Só se fala nisso!

– Posso saber onde só se fala nisso, Verônica? Eu não ouvi.

– Claro, você só larga esse computador pra ir pro Joia! Saiu um artigo numa revista de gastronomia dizendo que comida é a nova fotografia!

– Fala sério!

– A gastronomia é agora o que a fotografia foi nos anos 1990, tá legal? Nem vem se gabando com as suas palavrinhas, porque eu também sou artista.

Como jornalista, imagino, eu deveria saber que a Catalunha é hoje, para os cozinheiros, o que era a Paris dos anos 1920 para os escritores, e que Ferran Adrià é uma espécie de James Joyce da culinária – que Deus me perdoe.

Uma coisa é certa: eu devia parar com essa punheta de livro e de Ana e me casar com essa cozinheira, baseado no princípio de que manutenção baixa é a nova *Atração fatal*.

– Sabe qual é o nosso problema Tonio?

– Que Tonio? Tá doida?

– Tonio Kröger, Daniel. Descobri que você não passa de um Tonio Kröger.

– Vá se foder, Ana! Quer me chamar de alguma coisa, chama de Thomas Mann. Se você me chamar de Tonio Kröger de novo, eu descubro onde você tá e vou aí te cobrir de porrada.

– Nós somos da classe média do amor.

– Pronto, começou...

– Eu desenvolvi uma teoria. Me diz se não faz sentido: o amor também está sujeito à divisão de classes sociais, tipo: A, B, C.

– Ana, me economiza, por favor.

– Ouve! Tem a classe baixa do amor, a classe D, que está abaixo da linha de pobreza, aqueles que não conseguem viver sozinhos porque acham que vão morrer, pirar, porque não dão conta de si mesmos ou, ainda, porque são tão qualquer nota que nem eles se suportam e precisam de uma outra pessoa pra aporrinhar, senão acabam se virando contra si mesmos e aí...

– Depois eu é que sou criativo.

– Gente tipo uma amiga minha, que falava mal do namorado o tempo todo, e quando eu perguntei: "Mas se é essa droga, por que você faz tanta força pra ficar com ele?" E ela respondeu: "Antes ele do que merda nenhuma."

– Quem é essa?

– Não vem ao caso. O que interessa é que eu fiz lá a minha matemática e respondi: "Se sem ele é você sozinha, e se é melhor com ele do que merda nenhuma, então... você é merda nenhuma?"

– Como você é má.

– Não era isso que ela tava dizendo?

– Precisava frisar? As pessoas pagam fortunas a psicanalistas pra dizerem isso a elas, depois de terem pago fortunas pra eles ficarem anos em silêncio.

– Ela que fosse encher o saco de um psicanalista, então, em vez de infeccionar os meus ouvidos com besteira. Gente que não se suporta e faz qualquer negócio pra não ficar só, pra mim, é a classe baixa do amor.

– E a classe média? Quem é?

– Os burguesinhos do amor, essa gentalha que somos nós, que vivemos muito bem sozinhos, gostamos da solidão, seguramos a nossa onda e queremos alguém. Só que esse alguém tem que fazer com que a nossa vida seja melhor do que já é, senão, preferimos ficar sozinhos.

– Não me faz achar que é bom ser classe média, por favor.

– Bom? Classe média do amor é uma desgraça!

– Posso saber por quê?

– Porque a gente não tolera nada. E como qualquer ser humano dá chabu, em alguma hora isso inevitavelmente acontece. Aí a gente já desiste logo, porque não quer aporrinhação.

– E qual é o problema?

– O problema é que a gente não paga preço nenhum, não barganha, não quer nem ver o outro lado da moeda. E acaba sozinho.

– Fala de você! Eu não sou sozinho.

– Claro que é.

– Até pouco tempo, eu ia me casar!

– Você acreditava mesmo que ia casar com aquela... Ela era o que mesmo? Tem que ter diploma de jornalista pra dar a previsão do tempo?

– Pedante! E a classe alta do amor é o quê?

– Os ricos. Pessoas que, como nós, gostam de viver sozinhas, apreciam a solidão, mas entendem que é bacana ter alguém. E sabem que todo mundo, cedo ou tarde, dá chabu. E porque gostam do outro, lidam com os chabus sem se exasperar tanto. Quando o outro começa a encher o saco, em vez de digladiar ou se mandar sem aviso prévio, o classe alta do amor para e pensa: "Xi, tá surtando." Ou: "Tá tendo crise de insegurança." Ou: "Ih, começou a ser mulher." Ou: "Pronto: baixou o macho latino." E lida com isso com aquela paciência meio blasé que rico tem, em vez de se descabelar e sair correndo, como a gente faz.

– Ana, na boa, essa sua classe alta do amor tem muito mais em comum com a classe baixa do que você pensa.

Resumindo:

Aos 5 anos cismou que ia para o colégio a pé, sozinha.

Aos 7 tinha dor de barriga todos os dias, na hora de ir para o colégio.

Aos 8 mudou de escola e só ficava na sala de aula se a mãe permanecesse no pátio esperando por ela.

Aos 9 começou uma briga na casa dela que só acabou aos 20.

Dos 9 aos 16 fugiu de casa três vezes, na tentativa de ampliar o universo da trincheira.

Dos 10 aos 15 brigou com todo mundo.

Aos 12 fazia guerra de talco comigo, todas as tardes de verão.

Durante anos não deixou ninguém da família encostar nela.

Sempre riu muito comigo.

As mulheres não gostavam dela. Acho que ainda não gostam.

Aos 20 quase morreu.

Dos 20 aos 24 achou que ia ficar maluca.

Dos 20 aos 32 teve medo.

Toda a vida reclamou da vida.

Dos 31 aos 33 intensificou as queixas.

Tentou viver com três homens – não todos de uma vez.

Aos 33 decidiu escrever um livro.

Com 34 anos, desapareceu no mundo sem deixar rastro.

Se recusa a escrever e-mails. Ignora o Skype.

Liga quando quer. Descreve paisagens de janelas.

Seus deslocamentos são randômicos, como se sorteasse coordenadas.

E mais, não sei.

Como também não sei transformar essas sentenças em capítulos.

Verdade seja dita: é muito sexy uma mulher de roupinha de chef. Se for vermelha, nem se fala. Se tiver bandana preta, então, fodeu. Mas piercing no clitóris é um pouco demais. Pra que alguém se propõe a um autoflagelo desses?

Depois vêm as feministas reclamando dos países árabes, onde as mulheres têm os clitóris extirpados. Para quê? Se quem tem o clitóris intacto, desperdiça! Quatro mil terminações nervosas e elas resolvem fazer um furo no meio? Duvido que algum homem decida ser circuncidado depois de adulto, por livre e espontânea vontade. Só se estiver maluco.

Verônica pediu que eu fosse com ela fazer um piercing no clitóris. Eu disse que me recusava a compactuar com isso. Ela me chamou de careta, como se o fato de esburacar uma zona erógena fizesse de você uma pessoa mais ou menos alguma coisa, além de furada.

Ela perguntou se eu não achava sexy. Respondi que devia dar afta. Ela prometeu hambúrguer de picanha e quase me convenceu – é incrível como me vendo barato.

– Quer saber? Não sou cachorrinho de estimação que vai segurar a sua mãozinha enquanto você geme porque um camarada tá enfiando um ferro na sua boceta. Sem chance!

Se um cara faz um troço desses, em dois petelecos está indo ao cabeleireiro, às compras e ajudando a escolher roupa. Ela que arrume um amigo gay, como toda mulher normal.

— **Isso tudo não importa,** Daniel. O resultado da vida, quase sempre, é assustador. Então, importa como você vive hoje. Porque, um belo dia, todo mundo abre os olhos e se pega velho, numa vida que não lhe cabe e que não tem nada a ver com a que imaginou.

— Ah, sim, hoje estamos trabalhando com a cigarra niilista. Não te passa pela cabeça, Ana, que a vida pode surpreender para o bem? Que, em vez de cair num beco sem saída, você pode parar num lugar legal, que não tem nada a ver com o que você imaginou nos seus delírios de glória ou de decadência?

— Não é essa a minha experiência. Na minha vida, as pessoas morrem.

— Você escolhe os que morrem, os que mentem, você só quer quem não pode.

— Daniel, não começa, por favor. A gente diz coisas um pro outro que não se deve dizer.

— A gente diz exatamente o que deve.

— É mesmo? Então, vamos lá: a solidão pra você é condenação ou escolha?

— Eu não sou só, Ana. Eu tenho você.

— Às vezes acho que eu sou tão romântica, Dani, que vim parar num rarefeito onde não tem ar pra mais ninguém.

— Teria, Ana, se você não estivesse tão inebriada com esse seu texto. Mas quem sou eu pra brigar com o seu texto? Eu sou um merda de carne e osso, que respira, mija, caga, não tem emprego, grana, livro, e, pra piorar, ainda por cima, está vivo. O que é isso diante das suas fantasias?

— De onde veio essa agressividade toda?

– Tô te dando a real. Como é que alguém vai entrar nesse seu rarefeito tão fabuloso, onde você é tão especial, tão delicada, tão romântica, tão única? Quem é VIP o suficiente pra sua festa?

O que eu queria mesmo é criar um fio que conduzisse essa história. Escrever uma narrativa newtoniana, causa-consequência, que prendesse a atenção. Tenho me perguntado: quem vai seguir uma história que não tem continuidade?

Eu, que gosto tanto de seguir histórias, que sou presa fácil de qualquer narrativa razoável, que me pego seguindo qualquer fiozinho, notícia besta de jornal, fofoca, frases pescadas na mesa ao lado – uma mínima isca de vida alheia e já estou enredado. Eu, que sou capturado por qualquer história banal, por que não consigo escrevê-las?

Porque não sei escrevê-las, porque não tenho coragem, e, acima de tudo, porque, nesse ponto em que estamos, não interessa. Me perdoe, leitor, se o deixo desamparado, com interrogações na cabeça. Mas não sou psicanalista, nem Sidney Sheldon, e isso não é um compêndio de autoajuda. Suas interrogações são as minhas. Na maior parte do tempo, não sei um milímetro a mais do que você. E o que sei, e não quero expor, não serviria em nada para compreender essa história, serviria? Adianta saber que ela teve um amor que morreu? Posso discorrer páginas e páginas sobre isso, mas a verdade é que ela já era assim muito antes de ele morrer. Adianta saber que ela tem sequelas de um erro médico e insiste em não revelar a gravidade? Ela já era assim muito antes de adoecer. E se eu descobrisse, como quem encontra os tesouros de Constantinopla, a gênese de todos os seus conflitos, mudaria o fato de ela ser quem é? Faria com que ela voltasse, casasse comigo, sentasse numa cadeira na frente do computador, ao meu lado, e virasse uma escritora? Que parasse de vagar pelo mundo ou de errar?

E existe quem não erre? E quem se interessa por uma vida de acertos? Eu não.

Se a vida quase nunca faz sentido, por que o meu livro faria?

Ana estava sumida há duas semanas. Verônica... há três? Para falar a verdade, toda vez que a secretária eletrônica anunciava: "Oi, Titi!", eu pulava a mensagem sem ouvir. De modo que não havia como saber se Verônica estava no tal trabalho em Mangaratiba ou dobrada sobre o clitóris perfurado, morrendo de dor.

Minha vida andava na mesma: muito cigarro, muito esforço e pouca página. Até que, numa quinta-feira, às dez horas da manhã, a campainha tocou.

Era Verônica, óbvio, eu devia saber. Ela não tinha morrido de septicemia, como eu imaginara. Abri a porta com a xícara de café na mão. Pelo visto entre as quatro mil terminações nervosas, o piercing pegou justo numa que vai dar na área guerreira do amor. Ela foi me empurrando para trás até me jogar no sofá. Puta que o pariu, o sofá branco da Ana!

– Porra Verônica! Café mancha?

Ela não respondeu. Em vez disso, colocou o pé no meu peito. Estava de minissaia. Por mais hilário que fosse, eu gostava desse lado dela de acreditar em roteiro de filme pornô. Principalmente quando não envolvia facas – que me faziam sentir mais em *O silêncio dos inocentes* do que num pastiche de *Fetish fanatic*, da Belladonna. Com o pé no meu peito, Verônica levantou a saia. Estava sem calcinha, ponto pra ela. Abriu a boceta e me mostrou o piercing – uma bolinha prateada que parecia um confeito de bolo.

– Gostou? – ela perguntou.
– Legal.
– Só legal?
– É.

– Quer saber? Doeu muito, e você não fez nada pra me ajudar!
– Ah, Verônica...
– Agora, você vai ter que beijar muito pra sarar.

Pensei na infecção que a minha língua poderia causar se a ferida no clitóris ainda estivesse minimamente aberta, e na subsequente septicemia. Mas algo calou dentro de mim. Se ela não estava preocupada, eu é que não iria ficar.

As quatro mil terminações nervosas pareceram intactas e, inclusive, plenamente acionadas. Ou pelo menos ela não quis dar o braço a torcer e confessar que aquela bolinha podia estar bloqueando a sua sensibilidade – já desisti de querer saber o que é verdade e o que é mentira em quase todos os terrenos da vida, não ia ser logo com esse que eu ia cismar.

Nota: Contrariando a minha expectativa, piercing na boceta não tem gosto de tampa de garrafa nem dá afta.

– **Tá, eu sou burguês**. E você é covarde.

– Ah, Tonio Kröger, não enche!

– Tonio Kröger é o caralho!

– Covarde é você, Daniel, trancado em casa escrevendo, enquanto tem um mundo inteiro cheio de lugares que você nunca viu.

– Tá lindo, Kerouack. Agora me explica: como é que você paga por isso tudo?

– Que diferença faz se eu lavo pratos, cuido de crianças ricas, danço num inferninho, pago boquetes ou se arrumei um milionário?

– A diferença é que ninguém vive a vida toda fazendo nenhuma dessas coisas.

– Alguém vive a vida toda de escrever livros? E você largou o seu trabalho pra isso. Médicos, comerciantes, juízes, esse povo faz a mesma coisa a vida toda. Mas a gente? A gente não sabe nem se vai se aguentar vivo até *amanhã*!

– Eu vou ficar velho!

– Tá bom. *Eu* não sei se vou aguentar viva até amanhã. Então, não preciso me preocupar se o que estou fazendo é pra vida toda. Tá respondido? E você não vai ficar velho fumando do jeito que fuma.

– Eu parei de fumar.

– Vai mentir pra mim, Tonio?

O que mais existe senão eu, ela, e essa enorme impossibilidade? Não tenho ninguém nem nada a responsabilizar. Se estou nessa sinuca de bico foi única e exclusivamente por minha vontade. Cheguei aqui caminhando com meus próprios pés. Mas por quê? Por que não consigo levar uma vida normal, com pecúlio na velhice, como qualquer um? Por que, entre todas as mulheres do mundo, fui escolher logo uma desgovernada, cheia de certezas equivocadas? Por que não uma neurótica clássica, dessas que te aporrinham, cuidam de você e cobram sem parar? Por que o gosto pela solidão?

Ana, ao menos, é deprimida e tem doenças e mortes de que fugir. Eu fujo de quê? De quem? Talvez apenas de um emprego de jornalista medíocre relativamente bem remunerado, que para metade da humanidade seria a perfeita tradução de sucesso, mas que para mim não passava de colocação intermediária entre os que são foda e o resto.

Será que, no horror de me reconhecer medíocre, inventei o escritor?

O que faço eu agora, diante do escritor medíocre?

Ou pior: o que faço eu agora diante do não escritor?

— **Existem pessoas felizes,** Dani, eu tenho certeza! A gente só não sabe delas porque não produzem conteúdo. Conteúdo é coisa de neurótico, deprimido. Pessoas felizes vivem: trabalham, vão à praia, têm filhos, andam de bicicleta... Elas têm mais o que fazer do que escrever livros, pintar quadros, fazer músicas, filmes.

— Mas se o que me interessa nessa vida são justamente os livros, as músicas e os filmes, pra que eu vou me importar com elas?

— Boa! As pessoas felizes que se fodam com a alegria delas.

— Você largou tudo pra correr atrás de um homem?

— Hã? De onde você tirou isso?

— Dos meus pensamentos.

— Por que você não escreve o seu livro, bem infeliz, em vez de ficar pensando na minha vida?

— Você não respondeu.

— E se tiver? O que é que tem?

— A gente tinha um pacto.

— Nunca. Eu resolvi uma coisa, você resolveu a mesma coisa atrasado. Ninguém deve nada a ninguém. A não ser o condomínio, que vence no dia cinco e você tem que pagar.

— Você tá correndo atrás de um homem?

— Daniel, o que você tem a ver com isso?

— Eu sou responsável por você. Sou o único fio que ainda te prende a uma vida razoável.

— Eu tô grávida.

— O quê?

— Tô esperando um filho.

— De quem?

– Você não conhece.
– É do Joshua?
– Não.
– De quem?
– Não interessa. É meu. Quer ser o pai do meu filho?
– Para com isso, sua psicopata. Para de mentir. Você não tá grávida. E sabe por quê? Porque você é neurótica demais. Você tem medo de gente. De amor. De continuidade. Você não leva nada adiante, vai se comprometer com uma coisa que é pro resto da vida?
– É isso que você pensa de mim, Daniel?
– Imagina se você ia conseguir abrir mão do seu ego, da sua autopiedade, dessa sua obsessão por você mesma e por essa sua tristeza que você ama, pra dar atenção a outra pessoa. Você não é mulher pra isso.
– Cala essa boca! Você não sabe de nada.
– Você queria que eu não soubesse. Mas eu sei.

Digo à Ana que sei quem ela é, faço acusações, enfio o dedo nas suas feridas. Pra que tudo isso? Pra que ler diários, descrever lembranças, juntar os cacos de uma mulher e tentar fazer disso uma personagem?

Essa arqueologia que faço não passa de uma tentativa patética de me apoderar dela. Como se, compreendendo-a, eu pudesse apreendê-la.

Sempre tive inclinações para Peter Pan.

Tento capturar uma sombra, quando deveria estar escrevendo um roteiro sobre violência urbana e me sentindo um macho expoente da minha geração, cheio de bocetas à minha volta, que eu comeria com pipocas, na estreia do meu filme.

Agora é tarde. Caí no caminho, não tenho passagem de volta.

Capturar a ideia dela. Quem sabe isso me basta?

– **Casa do Daniel.** Deixe seu recado depois do bipe. Ana, se for você, me desculpa. Eu sou um merda, não tinha o menor direito de te dizer nada daquilo. Eu não acredito no que falei. Deixa um número, um endereço, xinga a secretária, faz qualquer negócio, mas dá uma pista.

– Eh... Seu Daniel, desculpe incomodar, é da Lav-Lev. Seu tênis está pronto.

– biiiiip... Terça. Dezoito horas e cinco minutos.

– ... tutututututututu...

– biiiiip... Terça. Dezoito horas e quarenta minutos.

– ... tutututututututu...

– biiiiip... Terça. Dezoito horas e quarenta e um minutos.

– ... tutututututututu...

– biiiiip... Terça. Dezoito horas e quarenta e dois minutos.

– Que porra é essa de "Ana, me desculpa", Daniel? Essa mulher parece um fantasma!... tutututututututu...

– biiiiip... Terça. Dezoito horas e quarenta e três minutos.

– Depois você diz que não tem nada com ela! Olha pra esse recado! Como é que eu vou acreditar?... tutututututututu...

– biiiiip... Terça. Dezoito horas e quarenta e quatro minutos.

– Vai pra puta que te pariu você e essa Ana! E vê se me esquece!... tutututututututu...

– biiiiip... Terça. Dezoito horas e quarenta e cinco minutos.

– Você não me merece! ...tutututututututu...

– biiiiip... Terça. Dezoito horas e quarenta e oito minutos.

– Eu te odeio, Daniel! Eu te odeio! ...tutututututututu...

– biiiiip... Terça. Dezenove horas e dois minutos.

Estou cansada de cada objeto dessa casa. Dessa sensação de água parada. Das infinitas histórias que venho contando para me fazer dormir. Quero lançar-me como Rimbaud na África. Ganhar e perder a vida todos os dias. Ainda que carregue o fardo de mim mesma por toda parte, quem sabe? Quem sabe num desvão não me esqueço, me perco, me solto, para não mais me encontrar?

01/07/2003

– **Me desculpe, Ana**.

– Já disse, não quero mais falar sobre isso.

– Eu não podia ter dito o que eu disse...

– Tá chuviscando há dias. O céu tá cinza; o chão, molhado. Da janela dá pra ver um trilho de trem. Não passa nada aqui há anos. É só isso: o trilho inútil, o chão de pé de moleque e a chuva fina. Tudo lá fora é cor de tijolo molhado, cinza e prata. Essa vizinhança já foi uma zona industrial. Minha janela dá pros fundos. Na rua da frente tem um monte de bares que lotam à noite. Aqui é uma vizinhança dessas que estão mudando de cara, que nem o Williamsburg, há um tempo. A minha casa nova deve ter mais de cem anos, e sabe o que mais? É a sede de uma companhia de teatro. Tem um café-bar no térreo, um teatrinho de cento e vinte lugares no primeiro andar e a sala de ensaio, onde estou morando, em cima de tudo.

– Quer dizer que, além de me assombrar, você tá expandindo seus domínios: virou fantasma de teatro.

– O chão é de madeira grossa; as paredes, de tijolo; o pé-direito, altérrimo. É um espaço de uns setenta metros quadrados, com janelões que vão do chão ao teto, e araras de figurino, onde eu penduro as minhas roupas.

– Deve ter pulga nesse lugar!

– Tem pulga na sua cabeça, Daniel. Se quiser, eu posso sair de Julieta, Lady Macbeth, Ielena Andréievna...

– Aí você vai pro hospício e ninguém mais te acha nesse mundo. Tá ótimo! A sua mãe, pelo menos, sabe em que país você tá?

– Eles ensaiam aqui toda tarde, o que significa que tenho que ficar no café ou vagar pelas ruas até cair a noite.

Quando escurece, tenho meu quarto de volta. De manhã também é tranquilo, ninguém aparece antes das duas da tarde, o que me dá bastante tempo.

– Tempo pra quê?

– Vou ver se daqui a pouco eles me deixam assistir aos ensaios. Acho que é o que eu mais quero na vida agora. Tem horas que me dá medo, de tanto que eu gosto desse lugar. Acho que é medo de ficar presa. Da minha vida ancorar nesse sótão e não sair daqui nunca mais. Tem uma banheira do lado de fora da sala, que dá pro céu. Não sei se é sobra de cenário, se é pra eles relaxarem depois do ensaio... A impressão é que, de mil coisas que podiam ter feito com o dinheiro do teatro, eles resolveram comprar uma banheira e colocar sob as estrelas. Como essa varanda dá para o trilho do trem, e trem não há, posso tomar banho pelada na maior tranquilidade. Só não sei como vai ser no inverno. Você ainda tá aí?

– Eu tô sempre aqui.

– Esse é o seu problema.

– E a sua sorte. Não tem chuveiro nesse lugar?

– Talvez eu não fique aqui até o inverno.

Quantas camadas de olhar são necessárias para se contar uma história?

Se precisamos mudar nossas histórias para contá-las a nós mesmos, de uma forma que nos sejam suportáveis, então, qualquer relato tem, no mínimo, uma camada de deformação – ainda que seja um solilóquio.

Se as histórias mais íntimas são deformadas pelo filtro do que nos é tolerável (pelo efeito de tornar maravilhoso o pálido, amenizar o terrível, transformar covardias em bravatas, perdoar fracassos ou fazer de trivialidades grandes tragédias), então, não há uma história sequer que seja fiel aos fatos. Inclusive esta, que estou tentando contar.

Tenho a impressão de que Ana deixou esses cadernos de propósito. Para debochar de mim, mostrar que não passo de um *delay* de guitarra safado, seu eco.

Correndo o mundo...

"Viver é mais importante", ela diz.

Importante para quem? Que caralho é viver? Alguém sabe?

Ela está certa. Para que deixar de viver hoje, em função da posteridade?

"A posteridade é coisa datada, acabou no século XX, ninguém retém mais nada. Tempo é como gênero: um conceito do passado, já foi", ela diz, desdenhando de mim.

Se ainda estivesse escrevendo, a piranha.

Vai ver, surge daqui a pouco com um legítimo Hemingway, contando suas aventuras pelo mundo. Vai ver, me bota no bolso, a cachorra. Vivendo e escrevendo. Enquanto eu, não faço nem uma coisa nem outra.

Abri a porta e, antes que eu dissesse qualquer coisa, Verônica adentrou a casa, pela enésima vez, com sacolas de compras cheias de comidas – na sua obstinação de me pegar pelo estômago. Antes que ela transformasse a cozinha num campo de guerra – o prelúdio de mais uma trepada com facas, piercings ou outro genérico qualquer, na sua determinação de me pegar pelo pau –, tomei dela as sacolas, saí marchando pelo corredor, abri a porta do elevador e fiz um sinal, numa atitude clara de comando, para que fosse embora e me deixasse em paz.

– O que é isso, Titi? Ficou maluco? Fala comigo! Que foi? Tá trabalhando?

– Não sou Titi, sou Daniel. Aliás, Robert Capa! E estou dando um basta nesse seu entra e sai da minha casa sem avisar.

– O que deu em você? Tá bêbado? O que é que tá acontecendo?

– Se você não entendeu ainda, essa história não está indo pra lugar nenhum. E agora eu resolvi que não vai mesmo. Você não me mandou pra puta que me pariu? Pois é, eu fui.

– Eu? Eu não fiz nada disso!

Como as mulheres mentem com a cara mais serena.

– Você deu um ataque na minha secretária eletrônica!

– Eu???

– Não interessa, anda, entra nesse elevador, pra mim, chega.

– Mas pra mim, não! Tá achando o quê? Que vai me jogar fora feito um bolo velho? Não vai!

– Você não tem poder de decisão sobre isso, Verônica.

Virei as costas e entrei no apartamento.

– Você não vai me deixar falando sozinha, Daniel! – Ela veio atrás de mim.

Bati a porta na cara dela.

– Daniel! Abre essa porta! – ela gritou.

Ignorei. Verônica, sem qualquer sombra de autoestima, começou a forçar a maçaneta e depois, inconformada, a esmurrar a porta.

– Daniel!

Como não adiantasse, juntou chutes aos murros. Coices, para ser mais preciso. A sensação térmica era de uma besta-fera, do lado de fora do apartamento.

– Abre essa porta agora! – ela berrava.

Acendi um cigarro, caminhei até a geladeira e peguei uma cerveja.

– Abre, porra!

Liguei o som. Resolvi calar a gritaria com Radiohead.

– Abre essa porta, seu merda!

"A Wolf on the Door", porque eu estava espirituoso.

– Babaca!

– *Dragging out the dead. Singing I miss you. Snakes and ladders flip the lid...* – eu cantava, junto com Thom Yorke.

– Daniel! – Verônica, com seu berreiro do outro lado da porta, vencia Thom Yorke e a mim.

– *Dance you fucker.*

– Abre essa merda dessa porta, seu bosta!

– *Don't you dare.*

– Filho da puta!

O interfone tocou. Era Wallace, o porteiro.

– Seu Daniel, o senhor me desculpe, mas a dona Risoleta está reclamando. Dava pra dar uma segurada no barulho aí em cima?

Piranha, filha da puta, escandalosa do caralho. Marchei até a porta. Abri. Verônica pulou com as unhas roídas sobre mim.

– Você vai parar com esse escândalo agora!

Puxei-a pelos cabelos, enfiei-a no elevador, esmurrei o botão do térreo. Verônica se debatia e me chutava.

– Eu sou a sua mulher. Você não pode me tratar assim!

– Eu não tenho mulher.

– Me larga! – ela esperneou.

Joguei meu corpo sobre o dela, que ficou emparedada entre mim e a quina do elevador. A porta pantográfica fechou, rangendo, numa velocidade muito aquém do que a ação dramática pedia. É foda viver uma cena de filme de ação ambientada num cenário de filme mudo. Se Verônica não parasse de quicar feito uma cabrita desgovernada, iríamos os dois para o poço.

– Fica quieta! – gritei, num tom tão ameaçador que teria servido até de exorcismo, se, em vez de uma pentelha, eu estivesse lidando com o demônio em forma de chef.

Tells me all the ways that he's gonna mess me up seguia a música lá em cima, mas Thom ia sumindo à medida que o elevador descia.

– Monstro!

– Cala a boca! – ordenei, pegando ela pelo pescoço, as narinas dilatadas.

Ela se assustou e calou.

A porta do elevador se abriu. Wallace me olhou estatelado. Fui rebocando Verônica até a rua, segurando firme a sua nuca.

– Abre a porta! – ordenei, diante do fusca dela.

Trêmula, Verônica abriu a bolsa. A chave caiu da sua mão. Apanhei no chão, abri a porta, enfiei seu corpo dentro do carro na marra, guiando-a pela cabeça, como se eu fosse um policial de filme americano e ela, uma criminosa.

– Agora liga essa merda e vai embora!

– Eu te odeio, Daniel! – ela disse com os olhos esbugalhados. – Vou acabar com a sua vida. Você vai ver! – e saiu cantando os pneus.

Ainda dei de cara com dona Risoleta, a síndica, na portaria. Mas minhas narinas dilatadas e a respiração alterada fizeram com que ela prudentemente se calasse e, temendo por sua integridade física, me deixasse pegar o elevador em paz.

Entrei em casa, bati a porta e escancarei o volume do Radiohead.

Fiz o que tinha que ser feito. Essa porcaria de história estava implorando por uma virada. Verônica ainda deu sorte de a ficção, em alguns momentos, ganhar vontade própria e comandar os acontecimentos como bem quer. Meu plano inicial era assassinato.

– **Se alguém dissesse,** quando a gente se conheceu, que ia ser assim, você ia acreditar?

– Em qual parte?

– Que você ia largar tudo pra ser escritor, não ia conseguir inventar histórias... Se dissessem que eu ia passar por tudo o que passei, você acreditaria?

– Tá me perguntando se na adolescência alguém dissesse que a gente ia se foder no futuro?

– Se me perguntassem, lá atrás, eu ia me imaginar muito fodida ou extremamente fodona, poderosa. Nunca isso. E o pior é que isso é OK.

– Sabe o que parece esse seu texto? Uma sentença. Ficamos velhos e viramos aquelas pessoas medíocres de quem a gente tinha nojo quando era jovem. Porra, eu só tenho 34 anos!

– A gente achava que eles eram uns *fodidos*, mas que pra eles tava tudo bem. A gente tinha pena!

– Ana, eu não sei por que ainda perco o meu tempo com você. Eu não sou fodido. Posso não ser rico como Paulo Coelho, ou gênio como o Millôr, o que eu acho uma merda, mas *fodido*? *Fodido* é o caralho!

– Adoro quando você fica macho.

– Não quer escrever, não escreve. Agora, vou te contar um negócio: ficar correndo por aí não vai resolver nada. A novidade é que não tem saída. Eu tô aqui *fodido*, você tá aí fodida. Ponto. Só que eu estou me segurando no que dá. E você já passou da hora comigo. Se quer ser a Indiana Jones da boceta selvagem *globe-trotter*, problema seu. Mas não vem tirando onda pra cima de mim. E tem mais: essa porra desse seu apartamento de mulherzinha aqui, você que se vire com ele. Vou me mudar na semana que vem.

Bastou um telefonema e a noite de reconciliação com Verônica foi excelente: zero conversa mole, um longuíssimo prelúdio, seguido de três intercursos... tudo certo. Fomos dormir com o sol na janela. Eu convencido de que a vida é isso aí: uma mulher quente do seu lado quando você está com tesão.

Acordei ao meio-dia, com a notícia de que o café da manhã me esperava na sala. Ainda bem que Verônica não é do tipo bandejinha na cama – eu não suportaria. Suco de uva verde, mamão com granola, sanduíche de presunto de parma com queijo de cabra.

– Você se virou em comida?

– Acordei cedo e fui à feira.

– Tá, mas presunto de parma e queijo de cabra na padaria xexelenta aqui de baixo, nessa encarnação, você não vai achar.

– Peguei a sua bicicleta e fui até o Talho Capixaba.

– Você pedalou até o Leblon?

Não há como negar, tudo o que vai de energia no nosso sêmen e nos faz apagar depois de uma noite de sexo animal, nelas se transforma em animação, ainda que todos os nossos espermas tenham sido oferecidos em sacrifício a uma camisinha. Deve ser uma transferência cósmica de energia.

Verônica ligou o iPod no som e mandou uma bossa nova remix. Temi o desenvolvimento de cáries-relâmpago nos meus dentes, tamanha a doçura que tomou conta do ambiente com a canção do Tom Jobim misturada àquela batidinha eletrônica, mas não falei nada. Depois do café, nos embolamos de novo. Uma hora mais tarde consegui pular da cama e agora eu é que seria capaz de pedalar até o MAM, só pra sair de casa e me livrar daquilo tudo.

– Você não vai trabalhar? – perguntei, como quem não quer nada.

– Não, hoje tô de folga.

– É mesmo? Não sabia... Marquei uma pelada.

– Não dá pra desmarcar?

– Eles me matam! Se eu falto, o Tatarana fica desfalcado.

– Que horas começa?

– Daqui a meia hora – menti. A pelada era às sete da noite, com o sol se pondo, que ninguém é de ferro. Mas, porra, já eram quase três da tarde e a Verônica com uma camiseta minha, andando de um lado para o outro da casa. Estava mais do que na hora de ela se mandar. – Tenho que sair em quinze minutos – segui mentindo.

– Não dá pra se atrasar só um pouquinho?

– E apanhar do meu time? Você ainda quer me ver vivo, não quer?

Sem mais argumentos, ela virou-se e foi andando para o quarto. A falta de repertório, que na maioria das vezes me exaspera nessa mulher, até que tem suas vantagens. "Tô livre!", comemorei internamente, "Pelo menos por hoje". Mas qual não foi a minha surpresa quando entrei no quarto e, em vez de vestida para sair, encontrei Verônica atirada na cama, vendo televisão.

– O que você tá fazendo?

– Vendo TV, Titi, quer dizer, Daniel. Ou é Robert Capa?

Dito isso, virou-se para o lado, pegou o controle remoto, começou a zapear e lá ficou. Para mim, sobrou vagar pela cidade com a minha mentira. A sorte é que encontrei o Marcos Cunha no Joia e tomamos umas cervejas até a hora do jogo.

Obviamente, cheguei alterado, perdi um pênalti e quase fui decapitado. Acabei tendo que pagar uma rodada para o Tatarana, depois do jogo. A pena era maior, mas eles acabaram concordando que, mais de uma rodada, a minha atual situação financeira não permitia.

Voltei para casa passava das onze, e, para o meu pânico, lá estava Verônica, com outra camiseta minha.

– Oba, salgadinho! Adoro homem suado! – disse ao me ver, pulando direto do sofá para o meu pescoço. E exigiu de mim mais do que a retranca do Bola de Neve, não o músico nem a igreja evangélica dos surfistas, mas o time, nosso fiel adversário, tinha exigido. E olha que a marcação deles é selvagem!

Foi um sábado estafante.

No domingo, quando acordei, Verônica não estava na cama. Foi trabalhar, pensei, aliviado. Levantei para dar uma mijada, e nada, nem sinal. Na mesa da sala também não havia nenhum sanduíche pirotécnico, suco de cor suspeita, nada. A cozinha também estava limpa. "Foi-se!", respirei aliviado. E gostei de Verônica nessa hora. *Libertas quae sera tamen*. Nada como uma mulher que sabe ir embora – ainda que tarde. Nada como uma mulher que sabe o efeito de sua ausência; o mistério, a nostalgia, a sensualidade, o erotismo que existe numa saída triunfal, sem explicação, numa manhã de domingo ou segunda ou terça ou... Como tinha me dito ontem mesmo o Marcos Cunha, lá pelo quarto chope, "Sabendo evitar, não vai faltar". Dei uma apaixonada por Verônica naquele instante. Achei que poderia ter essa mulher na minha vida por meses, talvez anos.

Acendi um cigarro e me joguei no sofá. Foi quando me dei conta de que, para ficar perfeito, faltavam só um café e o jornal. Botei água pra ferver e fui até a porta pegar o *Globo*.

Os melhores momentos da vida nunca passam de fantasias de perfeição.

A porta não abriu, estava trancada. Chave não havia. Verônica tinha levado. Eu tinha sido feito refém em minha própria casa, quer dizer, na de Ana. A cozinheira louca tinha saído e me deixado prisioneiro em cárcere privado. A única resposta que eu tinha para isso era: assassinato.

– Você quer morrer, Verônica? – berrei ao celular.

– Calma, Titi, não grita.

– Como você me tranca e leva a minha chave?

– Gente, eu fiz isso?

– Fez. E se não aparecer aqui em meia hora pra desfazer, você não passa de hoje.

– Calma, Titi, fica aí e escreve. Eu tô ferrada aqui. Um diretor de televisão fez reserva pra um batalhão, e você sabe como é essa gente, não dá pra sair agora.

– Você é quem sabe o que quer pro seu futuro. Mas eu tô avisando: vai ser a última refeição que você vai servir nessa vida!

Meia hora depois a campainha tocou.

– Estou trancado. Não posso abrir – rosnei.

– Eu sei, senhor. Sou o Sebastião, entregador do restaurante da dona Verônica, foi ela quem me mandou aqui. Tô com a chave pro senhor. Posso abrir?

– Deve!

A porta se abriu e me vi cara a cara com um negão gigante. Diante das proporções do portador da minha chave, achei que deveria conter a agressividade ou pelo menos não descontar naquela montanha de músculos e gordura à minha frente. Verônica foi bem esperta na escolha do seu representante. Sebastião me entregou a chave e uma caixa de biscoitos.

– A dona Verônica pediu pra entregar esses macarons pro senhor e dizer que ela pede desculpas.

– Diz pra dona Verônica que eu vou fazer picadinho dela na minha banheira e servir pros mendigos do Jardim Botânico.

O negão não se controlou e deu uma risada.

– Taí uma coisa que o pessoal do restaurante ia gostar de ver! – E imediatamente ficou sem graça, pediu desculpas e foi embora.

Macarons... que porra é essa?

– **Aqui é da casa da Ana Lobo.** Se quiser falar com ela, esqueça. Ela morreu. Recados para o Daniel, depois do bipe.
– Quer parar com isso? Eu sei que você tá aí, Daniel. Já gastei um cartão de duas horas ouvindo esse recado nojento. Você não é fodido. É um escritor foda. Tá bem assim? Para de me filtrar e atende o telefone, faz favor?

Se ela estivesse morta, bastaria inventar alguns episódios, conexões, motivações. Tanta gente faz isso. (Me inspirar em Truman Capote e esperar que ela morra.)

A questão é que nada bate. A Ana que vive na minha cabeça não é a dos cadernos, e muito menos essa que me liga de lugares disparatados para me azucrinar. Sendo assim, seria Ana uma personagem que venho inventando a vida inteira?

Ana existe?

Quem é essa mulher aventureira, que agora vive pulando de país em país, sem se importar com nada? Que descrição fariam dela as pessoas que a circundam hoje? Será que alguém, nesse momento, conhece Ana de verdade?

E existirá um verdadeiro alguém? Ou as pessoas são feitas de salas, saletas, quartos, closets, sótãos, porões, compartimentos de uma fortaleza cheia de portas que abrimos e fechamos, e cada forasteiro tem acesso a um cômodo diferente?

Será que nos inventamos, para nós mesmos e para os outros, a cada instante?

Seja como for, está decidido: Ana, a partir de agora, é ficção.

Essa que você chama de você, é você mesmo?
Ou você chama de você as suas reações?
E não são?
E se eu finalmente virar quem quero ser?
Quem suportaria?
Quem suportaria ser o que quer?
Por favor, me desproteja dos meus desejos, Senhor.
Agora.
Não sei quem eu queria que eu fosse.
Olhar no olho da vida e dizer:
É isso que você me apresenta? Quero mais!
Mais, mais, mais, mais.
E não me deixar quebrar nunca.

18/12/2003

O evento da chave me deu um descanso de quatro ou cinco dias, e só. Em menos de uma semana, Verônica apareceu na minha porta, antes das dez da manhã, com um potinho na mão.

– Não adianta me expulsar. Vou te pedir desculpas de um jeito que você vai ter que aceitar.

Em seguida, me empurrou para o quarto e disse para eu esperar deitado. Preguiça de reagir. Catei um livro qualquer na cabeceira e comecei a ler.

Cinco minutos depois, ela reapareceu com um biquíni branco feito de alguma coisa fofa, tipo um algodão, ou algo desse gênero. Estava gostosa, como sempre.

– Você acha que eu vou te perdoar só porque você tá de biquíni? – tentei bancar o durão, já sem muita convicção.

Ela colocou o indicador na boca, pedindo silêncio, e colou aqueles peitos fenomenais na minha cara. Quando meu nariz afundou naquele troço que não oferecia a menor resistência, eu entendi.

– Lambe – ela ordenou.

Como um cãozinho bem treinado, obedeci. Era chantili. Um biquíni comestível, digo, lambível, de chantili. Seria esse o meu café da manhã. Fora todo o resto que havia para chupar. Está bem, caro leitor, eu concordo: biquíni, chantili, é clichê. Mas... numa hora dessas, quem se importa?

Não fosse o trabalho que ela me dá, e o Tatarana às terças e sábados, essa mulher faria de mim um homem gordo.

– **Alô, Tonio?**
– Tonio é o caralho.
– Liguei pra te pedir desculpas. Me desculpa?
– Desculpa? Pelo quê? Pela vida inteira, Ana?
– Não desliga, por favor! Vou te dar o meu telefone. Sempre que eu chegar num lugar, a primeira coisa que vou fazer é te ligar para dar o telefone.
– Nossa, que honra! Será que eu mereço tamanha regalia?
– Sempre que você quiser, vai me achar, juro! O problema é que vai ser caro. Eu tô do outro lado do mundo.
– Não me interessa onde você está.
– Tô em Dubai, Daniel! Acredita? Da minha janela dá pra ver a construção de um prédio de dez quilômetros de altura. *João e o pé de feijão* é pinto perto disso aqui.
– Tá fazendo o quê em Dubai?
– Morando com um sheik do petróleo. Vim conhecer os petrodólares. Sou a esposa 523-B/Odalisca-techno.
– Você não vai parar de me sacanear nunca, não é? Pra mim deu, Ana. Cansei de você.

Cheguei em casa e tinha música tocando, luz de velas e banheira cheia, com pétalas vermelhas boiando. "Pronto, lá vem ela", pensei. E em seguida: "Como é que a vaca da Verônica entrou aqui, se ela devolveu a minha chave?" E estremeci. "Seria a Ana de volta?" Minhas pernas bambearam.

Um TOF! de rolha de champanhe espocou na cozinha, e Verônica surgiu com duas taças na mão. Desidratei de decepção.

– Oi, Daniel.

– Como é que você...

– Sua faxineira tem medo de mim: abriu a porta e saiu batida! – explicou, achando graça, como uma vilã de cartoon – Tim-tim – e me deu a taça e um beijo na boca bem demorado. – Tem blinis com caviar, quer?

– Cadê a Celinha?

– Como é que eu vou saber?

Eu estava chegando de uma partida do Tatarana, que tinha destruído o Força e Saúde, do Leléu, e de oitenta e oito reais de chope, que não paguei, porque fiz dois gols. Além de estar profundamente decepcionado por não ter a Ana de volta ao lar e puto com a invasão de Verônica à minha casa.

– Já comi. Tô suadão.

– Tem sais na banheira, pra você relaxar.

– Se eu relaxar mais que isso, você não vai gostar.

Verônica tirou o vestido e por baixo não tinha nada. Devagarzinho, foi andando em direção ao banheiro me chamando com o dedinho. Tem um tipo de coisa que só quem já picou carne com facão para um batalhão inteiro da

Marinha sabe fazer. A decepção arrefeceu ao mesmo tempo em que o Animal reagia, lá embaixo. Me senti o Robert Capa. Fui seguindo a mulher.

Entrei na banheira. Ela me deu um beijo longo, esfregando os peitos em mim, e mexendo no Animal de mansinho. Quando eu já estava louco, parou, me olhou de frente como se eu fosse um rosbife e atacou:

– Qual é a sua história com essa Ana?

Robert Capa sumiu, o Animal encolheu, sobrou um Daniel Teixeira na banheira quente, como uma carne de panela.

– Ana não existe. Ela é uma invenção da minha cabeça.
– Mentira!
– Não é, não.
– Então, você está me dizendo que essa casa aqui não é dela?
– Não.
– Não é dela?
– É, mas... É de uma amiga que está louca, viajando pelo mundo. A Ana não existe. Eu inventei.
– Eu nunca vi uma pessoa que não existe telefonar para a casa de alguém.
– Ela ligou?
– Tá vendo?
– O quê?
– Tá vendo como você fica?
– Como?
– Esses cadernos espalhados pela casa, que você não desgruda, não são dela?
– Claro que não!

– Daniel!

– O quê? No século XIX, o Flaubert já dizia: Madame Bovary sou eu!

– Que que eu tenho a ver com isso? Eu não vi esse filme!

– Caralho!, é um livro, Verônica!

– Não muda de assunto!

– Você tá tendo um ataque de ciúmes por causa de uma mulher que eu inventei.

– Não inventou coisa nenhuma, essa Ana é de carne e osso.

– Tá com ciúmes de uma personagem.

– Você acha que eu sou idiota, Daniel?

– Não. Eu acho que você é uma gostosa, uma delícia e que você é a minha chef.

– Jura? – o rosto de Verônica se iluminou.

– Pela minha chuteira.

– Daniel!

– O quê? Não tem coisa mais séria pra mim do que a minha chuteira.

– Vamos morar na minha casa?

– Oi?

– Muda pra minha casa.

– De onde você tirou isso, Verônica?

– Eu já pago aluguel e condomínio mesmo, e já cozinho pra nós dois quase todo dia. Você guarda o seu dinheiro e pode ficar mais tempo escrevendo.

– Eu não sou gigolô.

– Eu sei. Você é escritor e precisa de tempo e dinheiro.

– E de solidão.

– Na casa dessa mulher você não fica mais!
– Essa casa é minha. Eu pago por ela.
– Então? Para de pagar e vai viver de graça comigo! Eu prometo que vou cuidar de você direitinho.
– Eu não preciso de uma mecenas – menti.

Era um tipo de conversa de cachorro mordendo o rabo. Ela ia ficar insistindo a noite inteira e no dia seguinte e depois e não ia parar nunca mais até que eu me mudasse ou desse um tiro na cara dela. Como eu não queria viver com Verônica, nem virar um assassino, levantei da banheira, me enrolei na toalha, abri a porta, chamei o elevador e desci daquele jeito para o Joia.

– Daniel, volta aqui! – ainda ouvi Verônica gritando.

Como uma mulher pode ter prazer em transformar o Animal num poodle acuado é uma coisa que eu nunca vou entender. Mas comigo, não! Robert Capa não perdoa. Ela que se resolva sozinha naquela banheira.

Marcos Cunha não estava no Joia. Melhor. Não queria papo com ninguém mesmo. Os portugueses do balcão, extremamente compreensivos, não mencionaram nada sobre a toalha enrolada na minha cintura. Todo mundo precisa de um segundo lar, principalmente se o seu tem paredes pintadas de cor-de-rosa, cadernos da sua musa por toda parte e uma chef de cozinha enlouquecida dentro da banheira, que não se conforma só com o seu pau e quer coisas que você não está disposto a dar.

"– **Aqui é da casa da Ana Lobo.** Se quiser falar com ela, esqueça. Ela morreu. Recados para o Daniel, depois do bipe.

– Tooooniooo! Danie-el! Atende o telefone, por favor. Eu juro que dou todas as coordenadas, números, endereços, bato ponto, faço...

– Alô!

– Quem fala?

– Verônica.

– É da casa do Daniel?

– Sim.

– Quem tá falando?

– É a mulher dele.

– Como?

– Verônica, a mulher do Daniel.

– Sei...

– Quem quer falar com ele?

– É a Ana.

– Ah, a senhoria.

– Exatamente. A senhoria.

– Olha só, Ana, eu sei que esse apartamento é seu, e que você deve usar isso como uma forma de prender o Daniel...

– O quê?

– Não banca a desentendida, não, que eu tô ligada. Tô vendo que você não deixa ele em paz. O Daniel tem que trabalhar, sabia? Ele tem um livro pra escrever. Larga o pé do cara! Ele tem mulher! Tô sacando o seu jogo faz tempo: empresta casinha, fica ligando... Deixa o cara viver a vida dele, se toca! E se precisar da sua casa, é só falar, a gente tem a minha e pode ir pra lá na hora que ele quiser!

– Olha, querida, faz uma coisa? Diz pro Daniel que eu liguei, tá legal?

– Pra você continuar com esse seu joguinho de aranha pra cima dele? Nem morta! Tututututututu..."

Foi o que encontrei gravado na secretária eletrônica, quando voltei de toalha, do Joia, no início da madrugada. Acredite se quiser, amigo leitor.

Verônica tinha deixado um recado pregado na tela do meu computador: "A gente ainda não terminou a nossa conversa."

Estavam explicados a banheira, os sais, a champanhe e o convite-intimação para morar com ela. Tudo na velocidade da obviedade.

Restava agora saber, e minha curiosidade estava inteira focada nisso, o que viria do lado de lá.

– **Quem é Verônica?**
– É a mulher que dá pra mim. Por quê?
– Outro dia liguei e ela atendeu. Mandou eu parar de te atazanar porque agora você tem mulher.
– E você?
– Ela tá morando aí?
– Claro que não.
– Então como ela é a sua mulher?
– Você devia ter perguntado isso pra ela.
– O que ela faz?
– É chef de cozinha.
– Sei.
– Tá com ciúmes?
– Há quanto tempo vocês estão juntos?
– Não lembro.
– Como não lembra? Como ela é?
– Gostosa. O oposto de você.
– Eu não sou gostosa?
– Tô falando no comportamento.
– Como é o oposto de mim no comportamento?
– Ela dá pra mim, ela não pensa muito, ela tá aqui.
– Agora?
– Não, sempre.
– Então, você não gosta dela.
– De onde você tirou isso?
– Eu te conheço, Daniel.

Verônica foi contratada para dar assessoria num desses resorts de luxo perto de Angra e me convidou para acompanhá-la. Fui. Foda-se a Ana, eu também sou uma pessoa que viaja.

O lugar é um daqueles clubões à beira-mar, com milhões de atividades e comida liberada vinte e quatro horas por dia. A percepção é de céu na terra: sol, praia, mulheres de biquíni, animadoras culturais, larica full time, caiaque, pingue-pongue, paraquedas puxado por lancha, esqui, cavalos e o caralho. A real é que, se você pensar um pouco, coisa que desavisados como eu não fazem, vai entender que, para um lugar com tanta comida e atrações, só vão famílias de gordos sedentários e sem imaginação, com crianças chatas e melequentas.

O esquema é o seguinte: os gordos largam as crianças nas mãos das personal Xuxas e ficam se locupletando de comida o dia inteiro, enquanto desfilam sua adiposidade pelas piscinas, areias e saunas.

Voltei-me para o staff. Descobri que, num lugar desses, qualquer ser humano com um baseado vira instantaneamente o rei das Xuxas, Pamelas Anderson, Surfistas Prateados, Duros de Matar e das bibas animadoras das aulas de aeróbica aquática, sem distinção. Adorei a sensação de poder. E só não protagonizei uma suruba na segunda noite no resort porque imaginei Verônica saindo da cozinha do restaurante com seus facões cortando clitóris e capando membros eretos, entre eles, o meu. Os pobres G.O.s, encarcerados no paraíso tropical dos gorduchos, morrem de tédio, e só lhes resta comer, malhar e foder feito uns coelhos. Como qualquer dessas atividades fica bem mais interessante depois de um tapa num baseado, virei uma espécie de Brad Pitt.

No terceiro dia, eu já estava de saco cheio daquela gente. Peguei um caderno da Ana e fui buscar paz na praia. Como os gordos sedentários não conseguem ficar a mais de quinhentos metros de um bar ou restaurante, cinco minutos de caminhada na areia fofa e eu já estava livre deles. Bastaria abrir fogo contra um *banana boat* que andava para lá e para cá com um G.O. e quatro crianças melequentas, e eu teria o silêncio de que precisava. Pelo sim, pelo não, antes de me tornar um serial killer tropical, caminhei dez minutos e deitei à sombra de um coqueiro para ler em paz.

Ela seguia rigorosamente sobre o muro,
olhando para um lado e para outro,
acompanhando o nascimento de suas rugas.

27/12/2001

Estava tirando um cochilo quando um vermelhão invadiu minhas pupilas. Abri os olhos e a claridade me cegou. No meu campo de visão só havia círculos psicodélicos cor de laranja, azul e púrpura, e alguma coisa escura e grande entre eles, que se agitava freneticamente. Pude identificar o que era graças ao áudio que invadiu a minha tela.

– Eu não acredito, Daniel. Você não tem vergonha?

– Eu? – respondi ainda meio tonto – Vergonha de quê? Eu tô de sunga!

– Isso é um diário!

Aos poucos o mar foi reaparecendo e ganhando foco, assim como o céu, a areia e... Verônica, que tinha o caderno de Ana nas mãos e brandia com ele em minha direção, como um pastor faria, com a bíblia em riste, diante de uma alma possuída pelo demo.

– Não acredito que você tá aqui, escondido, lendo o diário daquela mulher!

– Me dá isso aqui! – Fui pra cima de Verônica, tentando tomar o caderno das suas mãos.

– Sai! – ela me empurrou. – Você não tem vergonha, Daniel?! Isso é um diário!

– Não, não tenho. É bom ir se acostumando, escritores são amorais! Sabe o que é isso?

– Que mané amoral! Você é um punheteiro, isso sim!

– Isso é o meu trabalho. É material pro meu livro.

– E ela sabe? Essa mulher sabe que você lê o diário dela?

– Sabe – menti. O que me restava além de mentir?

– Então é mais doente que você! Ou é outro truque dela, pra te prender.

– A Ana é uma artista, ela não dá truque. E isso é material pro meu livro.

– Ah, é? Então vou ler – ela me desafiou, abrindo o caderno de Ana outra vez.

– Não vai, não! – Me atirei sobre ela, que se desvencilhou.

– Ué, não vai ser um livro? Todo mundo não vai ler? Qual o problema?

Verônica abriu o caderno numa página aleatória e começou a ler.

Já no primeiro segundo, disparou:

– Isso aqui é uma merda!

Meu sangue esquentou. Completamente desconectada do meu cérebro, minha mão deu um tapa no caderno, de baixo pra cima, acho que com a intenção de fazê-lo voar, para pegá-lo no alto. Mas além de cumprir seu objetivo, fazendo o caderno ir pelos ares, minha mão resvalou e acabou batendo no rosto de Verônica. O caderno voou longe e caiu perto do mar. Mais desconectado ainda do cérebro, que não se dignou a reagir ao fato de ter acertado o rosto de Verônica, meu corpo se atirou na areia em direção ao caderno da Ana, que era só o que me interessava naquela hora, consciente e inconscientemente. Eu já tinha virado um bife à milanesa muito antes de lembrar que o mar de Angra não tem ondas e que os escritos de Ana não corriam o menor risco de se molhar.

– Você me bateu! – Verônica disse, aparvalhada.

– Oi? – perguntei, ainda atirado ao solo, com o caderno são e salvo nas mãos, me recompondo. – Claro que não. Eu bati no caderno!

– Você me bateu, Daniel! Bateu na minha cara. Você é um monstro!

Só então me dei conta da merda que eu tinha feito. Levantei correndo, tentando ver o que ainda era possível fazer no sentido de conter o estrago.

– Desculpe, Verônica, eu tô louco. Não foi essa a intenção. Eu nunca ia bater em você! Foi no caderno. Esses cadernos são a base do meu livro. Me descontrolei. Eu não queria – disse com toda a sinceridade, enquanto pegava o rosto dela para dar um beijo.

Ela me empurrou com força, antes que eu conseguisse beijá-la. Verônica não estava disposta a perdoar. Chorando, sentou em câmera lenta na areia, numa cena clássica de novela mexicana – locação: Caribe. Sempre fico na dúvida se seria melhor ou pior se eu não tivesse essa mania de me ausentar das situações para me olhar de fora. Nesse caso, por exemplo, a mulher soluçando à beira-mar e a minha cara compungida me provocavam um riso interno, que, se eu não controlasse rapidamente e a muito custo, poderia escapar para a minha cara numa gargalhada, e, aí sim, eu estaria fodido.

– Sabe o que eu acho mais triste, Daniel? Eu faço tudo por você. E você faz o quê? Me trai!

– Eu te traio? Com quem, caralho? Eu tava lendo!

– Qual é a sua história com essa mulher? E não vem com papo de personagem, que eu não sou trouxa!

– Não é nada.

– Mentira! – Ela se empertigou toda de raiva, só para, numa fração de segundo, despencar em autopiedade. – Você pensa que eu não queria? Se pudesse, eu escrevia um dicionário inteiro, uma enciclopédia, escrevia a bíblia só pra ver você assim, louco, se jogando no chão, do jeito que você fez agora, por causa da merda desse caderno.

– Verônica...

– Só que eu não sei escrever, Daniel. O que eu sei fazer é cozinhar e estar do teu lado, quando você tá surtado, quando tá com fome, quando perde no futebol... Mas isso é pouco, né? Bom é ficar aí sozinho, punhetando a vida dessa mulher, em vez de ficar comigo.

– Não é nada disso, você não tá entendendo.

– Quem não tá entendendo é você!

E seguimos por um tempo interminável, como dois bifes à milanesa, fazendo drama na praia paradisíaca. Nessa hora, me deu alívio pensar que os gordos são sedentários, e as Xuxas e as Pamelas Anderson estavam dando tudo de si para fazê-los desgrudar da comida e sacudir as banhas na hidroginástica. A simples ideia de uma daquelas pessoas ou qualquer outra do planeta me ver naquela situação me constrangia a ponto de pensar em matar Verônica e enterrá-la ali mesmo.

Tentei ser paciente.

– Esses cadernos são importantes pro meu livro.

– *Esses* cadernos? Tem outros?

– Uns sete, oito.

– VOCÊ LEU OITO DIÁRIOS DESSA MULHER? – Verônica me encarou revoltada e, olhando fundo nos meus olhos, com a determinação de um operador de guilhotina da Revolução Francesa, disse de supetão: – Joga no mar.

– O quê?

– Se você me ama, joga esse caderno no mar. AGORA!

– Você tá louca!

Sim, ela estava. Naquela hora, era matar ou morrer, matar e morrer, não importava. Isso é o que se chama de xeque-mate. Verônica estava magoada, se sentia preterida por uma Ana fantasma, exigia um ritual de exorcismo, ali, na praia, urgentemente, como prova de que minha mulher real era ela. E estava coberta de razão, afinal, ninguém suporta assombrações, especialmente no que concerne à vida afetiva. O que eu tinha que fazer era me desapegar daquele caderno, já que tinha tantos outros em casa (fato que Verônica estava deixando passar, pelo menos por enquanto), e mostrar para a mulher real que ela não era assombrada pela mulher da minha fantasia, materializada naquele caderninho de papel todo lambuzado de areia, que agora estava a salvo, longe da água do mar. O que eram aquelas palavras, no final das contas? Reflexões, frustrações, dores, mágoas de uma pessoa que, até onde eu pude comprovar, já nem existia mais. Todo esse cálculo complexo de afetos foi feito na minha cabeça numa fração de segundos, enquanto Verônica tomava fôlego para retomar o desafio.

– Se você não jogar esse caderno no mar agora, eu não quero te ver nunca mais.

Foi assim que, sem ceder a nenhum instinto desgovernado, respondi à demanda da mulher real:

– Então, tá.

Levantei-me, encarei o caderninho e tomei meu caminho em direção ao bangalô, para fazer as malas.

– Daniel, volta aqui! Se você for embora não precisa voltar nunca mais! – Essa frase, percebi naquele instante, ia virar um refrão na boca de Verônica.

Estávamos ficando redundantes, como qualquer casal.

O ônibus que me levaria de volta à Cidade Maravilhosa só sairia em seis horas. E nem os três baseados e uma bagana, restos do meu carregamento do final de semana, foram moeda suficiente para adiantar os fatos. A única pessoa do staff daquele resort que não aceitava suborno em drogas era o maldito motorista do ônibus vai e vem Rio de Janeiro–Paraíso Brega dos Gordos Melequentos. Dinheiro para o táxi eu não tinha. Então, só me restava sentar no bar e torrar em bebida as últimas bolas coloridas do colar vip que Verônica tinha me dado na chegada.

Bar de hotel é a mesma merda em qualquer lugar do mundo: pouca luz e um pianista solitário e autista que, sem perceber ou se afetar com qualquer coisa que aconteça ao redor, toca sempre bossa nova ou, no máximo, um jazzinho chinfrim. Naquele resort, entretanto, a luz do dia invadia, fortíssima, o balcão do bar e as mesas, talvez com o intuito de evitar a fatal decadência, que não combina em nada com a proposta de delírio tropical do local. Sem a benevolência das sombras, os bêbados e bêbadas que se recusavam a compactuar com a animação veranil, sob a luz do início da tarde, seriam um elenco dos sonhos para David Lynch, tamanha a bizarrice. Confesso que desejei a presença dele. Teríamos feito um bom curta-metragem ou ao menos meditado bastante naquele bar, ao som de "Samba do aeroporto", de preferência, de olhos fechados.

Pedi um uísque e abri o caderno da Ana.

    A vida inteira, um único eu, imutável, só.
    Dezenas de outros,
sempre o mesmo, encontraram portas fechadas.
    Nada palpável.
    Sei do que, subitamente, ganhou gosto.
    Uma fresta, imprecisa, se abrindo, como um funil
invertido.
    A ferradura caiu, docemente.
    No espaço de três quarteirões – uma vida.
    E o desejo de não esquecer, não esquecer, não esquecer.
    Fim e partida.
    Não reter mais nada.
    De prisões, estava cheia.

01/01/2002

Eu já estava no segundo uísque, quando a conversa dos bêbados começou a atrapalhar a minha leitura. No terceiro, a bossa nova já entrava nos meus tímpanos como uma ofensa. Na quarta dose, eu queria colocar um chapéu de Mickey Mouse e disparar uma metralhadora AR-15 naquele bar. Levantei, não sem titubear um pouco, e chamei a atenção da audiência:

– Ei, vocês!

O pianista, como era de se imaginar, não parou de tocar para me dar voz e prosseguiu, impassível, com seu arremedo de "Retrato em branco e preto". Não me intimidei e chamei mais alto:

– Vocês mesmo! Vocês aqui desse bar!

Alguns bêbados olharam em minha direção com cara de fastio. Já era alguma coisa. Prossegui:

– Vocês acham que isso é vida? Fazer essas crianças melequentas e ficar enchendo o rabo de comida e birita nesse clubão de merda? Será que algum de vocês já amou alguma vez na vida? Alguém aqui tem a mínima ideia do que é o amor?

– Alguém dá um cala a boca nessa bicha, *façavor*? – gritou uma bêbada, lá do fundo do bar.

– Tá vendo, Claudia? – balbuciou sua acompanhante, enrolando a língua. – É por isso que eu não gosto desses lugares. Só tem família e gentalha!

– Eu tô falando de amor, gente! – continuei, mais enfático. – De abnegação, de fascínio, deslumbramento por uma mulher que...

– Cala essa boca, ô babaca! – gritou um paquiderme na mesa em frente.

— Vocês não sabem de nada! Vocês não merecem nem ouvir o que... Ah, vão se foder, seus bêbados idiotas!

Antes que eu voltasse a me sentar para buscar auxílio na quinta dose de uísque, alguém profundamente comovido e identificado com meu discurso me abraçou. "Até que enfim uma alma sensível!", foi o que pensei, até entender que, na verdade, o abraço apertadíssimo vinha de um segurança vestido de havaiano, que gentilmente me escoltou, porta afora, até a enfermaria. Saí do bar ao som de "Eu sei que vou te amar". Ou o filho da puta do pianista estava me sacaneando, ou ele já não estava mais entre nós bêbados, veranistas, humanos.

Na enfermaria do resort, apesar dos quatro uísques, reconheci a figura de branco que me recebeu. O enfermeiro era um dos caras que tinha fumado um baseado comigo, na noite anterior. Por isso foi bem mais gentil do que o segurança, que me jogou numa maca, como se eu fosse um saco de farinha.

— Segura esse mala aí, que nem é hóspede e tá dando alteração.

— Deixa comigo que já, já ele se acalma – disse o enfermeiro com autoridade, tocando o outro para fora da enfermaria.

Assim que me vi longe daquele segurança troglodita fantasiado de Elvis Presley em *Blue Hawaii* respirei aliviado e descontraí total.

— Bora fumar um baseado? – perguntei ao enfermeiro.

— Tá louco, irmão? Se me pegam fumando aqui na enfermaria, eu perco esse bico.

— Então vou voltar pro bar.

Fui levantando tropegamente da maca, decidido a beber até cair, ou até o ônibus para o Rio me tirar daquele pesadelo dos trópicos. Mas meu amigo estava em horário de trabalho, e nada disposto a me liberar da minha prisão com cheiro de éter e luz fria. Calmamente ele tocou no meu peito e minha bunda caiu de volta na maca, sem oferecer resistência.

– Você vai ter que ficar aqui, até esse porre passar.
– Aqui? Nessa sala? Ah, não! No bar já tava péssimo. Aqui? Quanto falta pro ônibus sair? Tem algum jeito de eu fugir desse resort?
– Irmão, se você não percebeu ainda, isso aqui é Alcatraz com papel de parede. Se tu não tem carro e não descolou uma carona, que a essa hora já dançou, porque o check out foi ao meio-dia, só sai daqui de ônibus, às oito da noite.
– Porra, o que eu vou fazer até lá, e ainda por cima sem uísque?
– Vai me fazer companhia.
– Leva a mal não, parceiro, mas eu não vou ficar horas aqui, nessa luz fria, olhando pra sua cara, até poder ir embora.

Ao que tudo indicava, o enfermeiro também não estava muito disposto a um final de tarde edificante ao meu lado. Rapidamente abriu uma gaveta, tirou uns comprimidos e, com a mesma autoridade com que tinha se dirigido ao segurança, disse:

– Abre a boca e fecha os olhos.
– O que é isso?
– Retribuição à sua generosidade de ontem. A festa ficou incrível assim que você saiu. Pegação selvagem! Aquilo

que você apresentou pra gente era skank? – ele perguntou, colocando um comprimido na minha língua e me empurrando um copo d'água, como se fosse minha mãe e eu tivesse 5 anos. Engoli sem protestar.

– O que você me deu?

– Um Draminzinho B-6. Essa bolinha, junto com os uísques que você já tomou, é quase um "Stairway to Heaven".

– Você tem drogas aqui?

– Não, só ansiolíticos e remédios pra dormir. Mas sei fazer minhas combinações.

– Uau, se meu baseado fez aquele estardalhaço, com esses comprimidos, você deve ser rei aqui.

– Não viu ontem? Eu comando esse resort. Quer que diminua a luz?

– Só se você jurar que não vai pegar no meu pau.

– Tá me estranhando, irmão?

A luz foi diminuindo, até a penumbra. Sim, por incrível que pareça, a enfermaria do resort podia ter um clima bem mais interessante do que o do bar, e o enfermeiro me compreendia bem melhor do que o barman.

Quando meu amigo de jaleco branco saiu da sala, me peguei pensando em Ana. Onde ela estaria? Teria essa correria toda pelo mundo servido para livrá-la da sua dor? Queria que sim. Queria Ana de volta. Queria que escrevesse um livro ao meu lado. Lygia Fagundes Telles e Paulo Emílio numa casa de interior, com vista para a praça, duas mesas, cada uma em frente a uma janela, escrevendo. "Lygia, por que você nunca me disse que escrever ficção era tão bom?" E Ana respondia: "Não é. E é. Não é um terror?" E o vento balançando as cortinas, até que David Lynch, abraçado a duas bêbadas bulímicas, colocou a cara na janela e disse: "Ainda aqui? Pensei que você já estivesse em Macau." "Macau?", perguntei, "O que eu estaria fazendo em Macau? Não era Alcatraz?" E uma das louras bêbadas e bulímicas pulou a janela, chutou a máquina de escrever da Lygia e começou a dançar e cantar: *Macau is for lovers...* Senti uma sensação boa vindo do meu pau. Nossa! Desde quando tenho tesão por louras magrelas? Mas cadê a outra? A magrela agora dançava ao lado de dona Ninfa Maria Padilha, que me olhava séria, jogava um punhado de búzios no chão e me dizia: "Vai pra praia, filho. Vai atrás da sua mulher. Ela quer você. Ela precisa de você." E eu pensei em Ana, não em Verônica. Mas era Verônica que estava em Alcatraz comigo e não Ana. Onde estava a Ana? Nessa hora, Roque motoqueiro entrou no quarto, montado na sua Harley Davidson, com a Ivete Sangalo na garupa, me olhou com desprezo e disse: "Vai ficar aí choramingando a vida?", empinou a moto e saltou pela janela, em direção à praia, enquanto David Lynch gargalhava da minha cara. Meu pau latejando. Será que esse enfermeiro filho da puta me deu um boa-noite Cinderela pra chupar o meu pau?, pensei, me dando conta de que estava num sonho. Quem está chupando meu pau? A magrela? O David Lynch? A dona Ninfa? Será que tenho que acordar? Mas... só mais um pouquinho... Vai... vai... vai... Mas... e se for o enfermeiro? Que seja! Vai... vai... Mas... eu não... Num esforço enorme, descolei as pálpebras. Não era o enfermeiro, nem David Lynch, quem chupava o meu pau. Era uma mulher loura, não bulímica, carnuda, gostosinha. Fechei os olhos aliviado, não precisava fazer nada, nem saber quem era. Devia ser uma G.O., uma *personal* Xuxa tarada. Antes que alguém aparecesse... Das profundezas do meu... Essa G.O... Era a Verônica? Só mais um pouquinho... Mas se for a Verônica, eu... Consegui abrir os olhos de novo. Era. Era? Ela sentou no meu pau e começou a se mexer. Fingi que estava dormindo. David Lynch andava de um lado para o outro do quarto, Paulo Emílio tinha sumido. Onde estava Lygia? Onde estava Ana? Onde estava Ana, porra? Era ela em cima de mim? A minha mulher? Era Ana? Ana é morena, lembrei-me. Estaria de peruca? Verônica me apertava dentro dela. Fora meu pau, que estava bem acordado e funcionava como um eixo, tudo dormia e rodava. Não mexi um músculo desnecessário. Ela começou a gemer e eu não me aguentava mais. "Pra que aguentar?", uma das louras bulímicas me perguntou. "Lygia!", eu gritei. E David Lynch gozou junto comigo do outro lado do bar. Os bêbados não viram. E depois, tudo escureceu.

Acordei dentro do ônibus do resort, com minha mochila na cadeira ao lado, já no Recreio dos Bandeirantes. Sem um centavo, sem os baseados, sem a bagana, com uma dor de cabeça do caralho. Feliz.

— **Daniel,** esses lugares onde você vai pra escrever deixam a gente sem saída.

— Como você sabe, Ana, se você escapou? E saída pra quê? Pra onde?

— Pra vida.

— O que você chama de vida é bem diferente do que eu chamo de vida.

— Até que enfim a gente concorda em alguma coisa.

— Uma hora eu vou aceitar a sua escolha, e a gente vai ficar sem ter o que falar.

— A vida já doeu demais em mim, Daniel. Qual é o glamour que as pessoas veem na dor dos outros? Eu lá vou me torturar só pra alguém ler meus livros e achar que não tá sozinho no mundo?

— É pra isso que serve a arte.

— Larga de ser cafona e me escuta: a pessoa num lugar desses pode morrer. Quem, em sã consciência, quer ser Clarice Lispector? Quem quer aquela inviabilidade toda em troca de livros? Quem quer essa vida micada, solitária, sem dinheiro, em troca de... de quê?

— De adoração?

— Obrigada, mas eu não sou tão carente.

— Você acha mesmo que a Clarice decidiu, Ana? Que ela um dia acordou e resolveu: vou ser grave desse jeito, vou ver a vida desse abismo e vou escrever livros sobre isso. Você realmente acha que ela tinha a opção de bater a porta e ir... sei lá... tomar um drinque no Arpoador?

— Cada um salva a sua vida como pode, Daniel.

— Você pensa que as pessoas que você conhece por aí, flanando pelo mundo, não veem? Você acha mesmo que não tá marcada, carimbada, tatuada com tudo que carrega? Acha que não tá tudo estampado na sua cara? Você acredita de verdade que tá conseguindo enganar alguém, Ana?

– Eu tenho certeza.

– **Oi, aqui é a casa da Ana**. Não adianta deixar recado porque ela está vivendo uma vida louca por aí. Se quiser falar com o Daniel, manda depois do bipe.

– Daniel, tá aí? Atende! Lembrei. A gente tava em Búzios, os dois bem loucos de champanhe. Resolvemos pegar o carro e ver o pôr do sol de um pico... Onde era? Não lembro. Paramos o carro, resolvemos sair. Você me beijou. A gente começou a se pegar loucamente, você me sentou no capô do carro, levantou meu vestido, ali, no meio do nada, quando isso ainda existia em Búzios. Tava lindo, até chagarem os mosquitos, lembra? Parecia um ataque aéreo. A gente ria, se beijava e...

– Alô.

– Atendeu! Pensa que é só você que pode inventar trepadas comigo?

Evaporar sem deixar traço. Não para sempre.
Não me matei daquela vez, em 1989,
nem no mês passado, em 1999, ontem.
What a difference a day made/
There's a rainbow before me/
Skies above can't be stormy/
Since that moment of bliss.
Quero me matar hoje.
E só.
Quem sabe, no meio do processo, me acostumo?

18/06/2001

– **Como é a Verônica?** Gorda, magra, alta, morena, ruiva?

– Ela parece um polvo. Não, melhor, lembra do Coiote do Bip Bip?

No início eu me achava um vilão, que fazia ela sofrer. Mas ela é o Coiote. O tempo todo ela cria armadilhas pra me pegar. Ela quer casar, eu acho. Tá nessa de mulher de 30, desesperada. Do tipo: o próximo otário vai ser papai, sabe?

– Não sei, não tô desesperada.

– Você não tá se vendo.

– E você, Bip Bip, tá se vendo?

– Você não imagina o quanto.

– Por que a gente não consegue falar um pro outro o que...

– Porque não tem palavra, Ana, pra nós dois. A não ser as desbotadas, que não querem dizer mais nada. Porque, da nossa história, só o silêncio dá conta.

– Pra que a gente fala tanto, então?

– Pra ouvir a voz um do outro.

– Vejo neguinho se atirando em cada roubada. Eu te conheço a vida inteira...

– Não tem nada que dê mais medo do que quando você conhece uma pessoa lá no fundo, e gosta apesar de tudo, apesar dela mesma. Dá pânico.

– Pânico? Por quê?

– Porque aí você tá fodido.

A quem interessar possa:

Estou tirando férias de mim. Completamente e por inteiro. Não é essa coisinha simples de tirar a cabeça e deixar em banho-maria, enquanto o corpinho saracoteia por aí. Não que eu esteja a fim da minha cabeça ou da alma, pelo contrário, estou mortalmente exausta, de ambas. E do corpinho, da casa, da vida.

Portanto, se você estiver se sentindo vazio, vou logo avisando: CUIDADO! Posso invadi-lo a qualquer momento e ocupar o seu lugar, sua vida, desejos, anseios, gozos, frustrações. Qualquer coisa que não eu. Nem que seja para dar um rolé por milhares de existências, chegar à conclusão de que é tudo um saco e voltar para mim, resignada.

Mas, por ora, não me quero.

Eu que descanse quieta e me guarde para mais tarde. Basta desta altura, comprimento, intensidade. Basta deste batimento cardíaco. Desta fome, desta urgência, desta preguiça. Basta destes pensamentos. Basta deste solilóquio monocórdio. Quero outros assuntos, outros desejos, outros sonhos, outros medos. Dos meus, estou farta. Quem quiser que os pegue. Estão em promoção. De grátis. De férias. De cama.

E não informem o meu paradeiro a mim, porque não me quero no meu pé. Não mais.

Se me virem me buscando, por delicadeza, me deem um perdido, me evitem, me enganem, me dispensem. Façam-me esse favor, e, mais uma vez: CUIDADO!

Se deixar uma brecha, eu me troco por você, até me desentender.

01/01/2004

Passou anos ali, sozinha. E quando achei que sairia com um livro, saiu com duas malas e sumiu no mundo, a vadia.

Pensar espanta porque é veneno.
Quantas noites mal dormidas.
Quantos sonhos concretos?
Um dia aprendi a inventar a vida
como forma de vingança.

03/02/2004

– **Esse lugar já foi do Yves Montand,** e, antes disso, era uma boca-livre internacional. Picasso e Braque passavam férias aqui e pagavam com desenhos, pinturas, instalações... Minha janela dá pro jardim da piscina, onde tem um Calder gigante. Hoje me olhei no espelho e descobri que estou barriguda. O vinho tá fazendo um estrago em mim. Resolvi dar uma de Scarlett O'Hara e me preocupar com isso amanhã. Ou mês que vem, ou...

– Imagino com que moeda você está pagando essas suas férias de *jet setter* internacional.

– Daniel, quando foi que você virou esse bundão? Você acha que tem preço ver o céu de um azul que você nunca viu antes, flores pra todo lado, arco-íris na estrada, cortina de organza que não barra a luz do sol quando ele nasce e entra no quarto, cheiro de erva, lavanda, espreguiçadeira, pernas pro ar... Você acha que a minha boceta vale mais do que isso? E se eu te disser que há orgasmos envolvidos dos dois lados? O que você vai dizer?

– Que você é uma filha da puta sádica, inconsistente, que eu sou um babaca, e que eu não quero mais amar você. E isso é a coisa mais séria que eu já disse em toda a minha vida.

Vou me casar com Verônica. Está decidido. Ela vai fazer o papel de mulher do escritor, manter os chatos bem longe, cozinhar, pagar as contas, dar pra mim todos os dias, calar quando eu mandar, falar quando eu quiser ruído, não ter filhos até eu resolver que os quero, ou até o final dos dias. Vai inventar piercings para me entreter quando eu estiver entediado e ignorar o fato de que não sou o escritor que estou fingindo ser.

Vou fingir que escrevo todos os dias, vou ao Joia, vou jogar bola, dormir, comer, beber, foder e esquecer a porra toda, ou não.

Vou casar de terno preto, ela, de vestido branco, o bufê vai ser ótimo. Minha mãe vai chorar, meu pai vai dar 10% de desconto no fracasso que ele acha que sou. E se eu reproduzir e nascer um moleque, meu desconto com ele provavelmente aumenta pra 20, 30%, parcelados no cartão de crédito.

Vou parar de esperar por uma mulher que é uma invenção.

Vou comprar um par de alianças baratas, que Verônica vai adorar, vou fazer o pedido de joelhos, como numa comédia romântica. E pelo menos alguém, nessa história onde nada acontece, vai achar que é verdade, que o cinema americano está certo, que o amor verdadeiro vence no final, que tudo sempre acaba bem.

Chega de nadar contra a maré. Vamos ao fluxo inexorável da vida. Está resolvido. E é para hoje.

— Alô.

— Dani?

— Ah, não!

— Não desliga, por favor.

— Ana, eu tô de saco cheio de você.

— Eu sei. Eu tô fodida.

— Foda-se.

— Desculpe, Dani. Desculpe por tudo.

— Tá desculpada, beijo, tchau.

— Eu tô cansada, Dani.

— Ótimo. Pega uma espreguiçadeira dessas da Provence e descansa.

— Ela me pegou, Dani, de novo, em cheio, a minha tristeza. Dessa vez me puxou pelas pernas e me jogou de cara no chão. Eu tô na cama, de novo, há dias.

— Onde você tá?

— Achei que tinha conseguido, que ela nunca mais ia achar meu paradeiro, que eu era rápida, trocando de cidade, país, continente, que tinha dado um truque nela. Aí essa terrorista veio e me pegou de novo. Dessa vez acho que não levanto mais. Fiz tanto esforço, Dani, pra achar graça na vida. Inventei tanto, tantas vezes. Tava dando certo. Agora tô ilhada nessa cama. E a culpa é sua!

— Minha?!

— Eu não sei mais o que é o amor, Dani, não acredito nele há tanto tempo! Procuro dentro de mim e não encontro. Não aguento mais nem uma noite dessas. Não tenho mais pra onde correr. Vem me buscar, por favor. Me leva pra casa. Deixa eu ficar no seu colo. Me ajuda.

— Me diz onde você tá.

— Perdida.

— Isso você tá faz tempo. Me dá coordenadas objetivas.

— Eu quero voltar pra casa.

— Você tá doente? Aconteceu alguma coisa?

— Não. Só quero dormir, acordar...

— Onde você tá?

— Quero ir pra uma cidade do interior, alugar uma casa com janela e varanda, de frente pra pracinha. A gente pode sentar, que nem dois velhinhos, ficar olhando a rua. Eu tô velhinha, Dani. Vamos ser a Lygia Fagundes Telles e o Paulo Emílio?

— E se a gente não escrever nada?

— Faz pão. Abre uma loja de ferramentas. Adota umas crianças e fica olhando elas crescerem. Me tira daqui, Dani. Eu não tenho mais forças. Cuida de mim. Eu prometo que não vou embora nunca mais.

— Me diz onde você tá!!!

– **Não vai dar certo,** Daniel. Você e essa mulher não foram feitos um pro outro!

– Verônica, pelo amor de Deus, você parece uma personagem de novela! Quem nesse mundo foi feito pra outra pessoa?

– Eu.

– Você?!

– Eu fui feita pra você, Daniel.

Cheguei a ficar com pena. Se Verônica não fosse tão irritante, eu a teria abraçado naquela hora. Teria, inclusive, me casado com ela. Pelo desamparo, pelo jeito simplório de acreditar em bobagens inventadas. Por essa fé que não tem correspondência nenhuma com o real. Essa fé cega, otimista, contra todas as evidências do mundo, se não faz rir, pode fazer você querer viver para sempre com uma mulher. Não fosse a Ana me esperando, com toda a sua falta de tudo...

– Tem certeza, Verônica? Olha pra mim, de verdade. O que faz você achar que foi feita pra mim?

– Eu acredito em você!

– Tá louca? Em que de mim você acredita, por exemplo?

– Ai, como você complica!

– Acredita em quê? Fala!

– Que você é um cara legal, que tá numa crise, que daqui a pouco passa. Você vai voltar a trabalhar num jornal ou na TV, e ser um jornalista famoso ou um escritor... Com ela é que não vai dar certo!

– Então eu vou lá pra dar errado. Porque é isso que eu quero. Porque eu fui feito pra dar errado.

Verônica pegou um cigarro meu e acendeu, tremendo.

– Larga isso que você não fuma!

Ela não me obedeceu.

– Sabe o que vai acontecer com você, Daniel? Você vai quebrar a cara com essa mulher, vai se arrebentar e voltar rastejando pra mim. E nesse dia eu vou cagar na sua cabeça!

Tive que respirar fundo e ter muita paciência nessa hora. Afinal, com morte, regime e rejeição não há quem consiga lidar bem.

– Verônica, vou te contar um segredo: quando a gente acha uma coisa dessas, não fala. Você praticamente inviabiliza que aconteça. Mesmo que eu me arrebente, não vou voltar, só porque você falou.

– É só essa mulher te ligar e você vai correndo, abanando o rabo atrás dela? O que você sabe dessa Ana, além desses malditos cadernos?

– A gente...

– Você acha que tá indo encontrar quem? A Carrie Bradshaw?

– Quem?

– A da boceta mágica dos diários? Você tá indo atrás de migalha, Daniel! De palavrinha escrita em caderno! Mi-ga-lha!

De tudo que Verônica poderia ter dito para irritar naquela hora, "palavrinha" e "migalha" entraram como um arpão envenenado que acordou um bicho feroz dentro de mim – e não era o Animal.

– "Palavrinha"? Quem é você pra... Você acha que eu te dou o quê? Que o que você tem aqui comigo é o quê? Isso aqui, você e eu, não é porra nenhuma. Nada! Isso é que é migalha!

– Companhia pra você é migalha? Ter uma pessoa ao seu lado no bom e no mau, transando com você sempre que você quer, te dando força, aturando seu mau humor... Isso é migalha? Então eu quero! Deixa comigo que eu pego essas migalhas e faço um recheio de assado. Te garanto que é muito mais do que essa Ana tem pra te dar, seu imbecil. Porque eu sou de verdade. Eu tô aqui o tempo todo. Eu te conheço. E ela? Essa mulher te conhece?

– A vida inteira. Tá feliz?

– Eu tô grávida.

– O quê?!

– De três meses.

– Mentira!

– Não é!

– E só agora eu fico sabendo?

– Essa é a sua emoção de ser pai?

– Eu não quero ser pai! Eu trepo com você de camisinha pra não ser pai. Aliás...

– Camisinha falha.

– Não comigo!

– E teve a enfermaria.

– A enfermaria não faz três meses.

– Mas eu tô grávida.

– É mentira! Cadê o exame? Mostra! Quero ver. Cadê?

– Pra que você quer ver o exame? Não acredita em mim?

– Não acredito no meu azar! Cadê o exame?

– Não fala assim!

– Cadê esse exame, Verônica?

– Joguei fora.

– Como assim jogou fora? Não tem exame nenhum, você tá blefando. E larga esse cigarro!

– Era exame de xixi. Não dá pra guardar.

– Então a gente vai fazer um exame de sangue. E vai ser agora!

Sentado na sala de espera do laboratório, enquanto aguardávamos o exame que poderia decretar a minha sentença de morte, suando frio diante de um vídeo Madonna-é-o-caralho-meu-nome-é-Ivete-Sangalo, tentei botar a cabeça em ordem. Essa mulher maluca não ia acabar com os meus planos assim tão facilmente, mesmo que estivesse carregando um filho meu na barriga. O Robert Capa ela podia roubar de mim, mas a Ana, nunca! Enquanto ela roía o sabugo das unhas, tentei ser o mais claro e paciente possível.

– Verônica, o negócio é o seguinte: se você estiver grávida mesmo, eu vou cuidar dessa criança. Vou ser um bom pai, trocar fralda, levar ao colégio, ensinar a andar de bicicleta, skate, jogar futebol, o caralho a quatro. Mas agora eu vou encontrar a Ana e não tem nada que você possa fazer em relação a isso.

– O quê, Daniel? Eu não acredito no que você tá me dizendo! Você não se preocupa nem um pouco com os meus sentimentos?

Ivete surgiu na tela da TV toda de couro, em cima de uma moto, numa animação que eu não teria nem com todas as balas do mundo na cabeça. É incrível a falta de sensibilidade das empresas. Uma sala cheia de gente doente, apreensiva com o que pode estar acontecendo dentro dos seus corpos, a um passo de um diagnóstico que pode ser trágico, e eles colocam um vídeo dessa cavalona cheia de saúde rebolando? Isso não pode ser certo. Mas... caralho, que mulher gostosa!

– Olha pra mim, Daniel! – Verônica pegou o meu queixo com força e virou para ela. – Você tá ouvindo o que eu tô falando?

– O quê?

– Você parou um segundo pra pensar em como eu tô me sentindo, Daniel?

– Não, Verônica, não parei. E você, parou? Eu fiz o que podia pra evitar essa situação. Eu detesto trepar de camisinha, e trepo.

– Vamos embora daqui.

Quando ela se levantou e me puxou, explodiram labaredas de fogo atrás da moto da Ivete.

– Só saio daqui depois de ver você tirar sangue dos seus canos.

– Eu vou fazer um aborto! – ela berrou no meio da sala, mais alto do que a Ivete Sangalo e todos os fogos de artifício que continuavam a explodir na tela da TV. – Não é isso que você quer? Tá decidido. Você não quer um filho meu? Então eu também não quero um filho seu. Vou tirar e pronto!

Nessa hora, todas as pessoas na sala de espera do laboratório já estavam me olhando como se eu fosse um torturador das SS, sentado no tribunal de Haia. Elas ali, encarando a possibilidade de dor e morte e eu, esse monstro sem coração, querendo acabar com uma vida.

– O que é isso, Verônica? Eu não disse que eu...

– Não quero ter um filho assim, com um cara que vai me largar pra ir atrás de outra mulher.

"Tem tudo pra dar certo nós dois... Tira o pé do chão!" Naquele momento, os pacientes da sala de espera estavam prontos para cuspir em mim, enquanto, na TV, Ivete corria de um lado para o outro com sua calça de couro. Como aquela calça entra nela? Aliás, como sai?

– Daniel! Você tá me ouvindo?

– Desculpe, estou em choque.

– Vai dar tudo errado com você e essa vaca dessa mulher! Você vai se arrepender de não ter querido o seu filho. Olha pra mim quando eu falo com você, seu monstro! Para de olhar feito um abobalhado pra essa televisão!

– Verônica Felipe Machado – chamou a atendente de jaleco branco.

Verônica se levantou e disse:

– Obrigada, não precisa. Não vou mais fazer o exame.

– Vai sim – eu disse pegando no braço dela e levando para o corredor dos exames, à força.

A essa altura, eu já sabia que o Coiote era capaz de inventar uma gravidez, nem que fosse para ganhar 24 horas de vantagem sobre o abandono eminente. "Isso sim é amor de verdade", a gostosa da Ivete cantava, quando ficou para trás, na sala de espera, junto com a plateia de pacientes do laboratório 100% hostil à minha causa, e para quem, a essa altura do campeonato, eu resolvi cagar baldes. Não ia ser a Verônica, nem um escândalo, nem um filho que iriam me impedir de encontrar a mulher dos meus sonhos.

Robert Capa é o meu nome. Mas pode chamar de Bip Bip.

Eu estava de volta ao apartamento, ainda abalado pelas cenas do capítulo anterior. Tinha nas mãos uma passagem de avião só de ida, um horário de embarque no Tom Jobim para o dia seguinte e um sonho à beira de ser realizado. Ana me esperava, precisava de mim. Ela me queria, e eu não iria decepcioná-la.

Fui ao quarto de empregada, que funcionava como um depósito de entulhos. Célia tinha guardado minhas malas ali. Encontrei-as no topo da estante. Peguei a escada de armar e subi para alcançá-las. No que puxei a menorzinha, quase fui soterrado por uma avalanche de sacos plásticos cheios de pastas dentro deles, que caíram no chão e foram se abrindo, como um oráculo.

A ideia era juntar aquelas pastas e atirá-las de volta para a estante, de onde haviam caído, mas a quantidade de imagens e as pilhas de papéis chamaram a minha atenção. A essa altura, você já sabe que um ladrão de diários não tem muitos escrúpulos diante de nada, não é mesmo, caro leitor?

Estava tudo lá. A vida interna de Ana, não a escrita nos cadernos, mas a escaneada pela medicina, numa quantidade interminável de exames. O problema é que eu não entendia nada do que estava explicado ali.

Depois de perder um filho e quase morrer, devia ser normal que alguém virasse do avesso a cada seis meses para ser observada pela medicina, não devia?

Me senti a Clarice Lispector diante da barata indecifrável, na *Paixão segundo GH*. O nome nas pastas era Ana Lobo. Sentei-me no chão do quarto de empregada e, como um Édipo diante da esfinge, tentei decifrar as informações contidas naquelas pastas. Não sendo eu uma personagem de tragédia grega e sim de drama do século XXI, só fiz crescer minha angústia diante daquele enigma em forma de ressonâncias magnéticas, ultrassonografias e outros tantos exames que não fui capaz nem de reconhecer.

Quase sem ar nos pulmões, catei aquela papelada toda e corri para o Joia, como quem corre para o colo da mãe. Não me pergunte por que, caro leitor, eu não saberia responder. O Marcos Cunha, por obra do destino, estava lá. Foi ele quem ligou para um camarada médico, homeopata, que tinha consultório ali perto, na Abade Ramos.

– Vai ficar com essa cara de aparvalhado? Vai encontrar a mulher levando esses exames e pedindo explicação? Não vai, né? Tá indo atrás da maluca, chega pelo menos com fichas na mesa pra ganhar o jogo. O cara mandou a gente ir agora. Vai te atender no intervalo da próxima consulta. Bora lá.

E o Marcos me arrastou para o consultório de um tal Dr. Milton.

Duas esperas torturantes em menos de doze horas. O que era aquilo? Conjunção astral? Terceiro ato de filme de aventura? Castigo?

– Calma, cara. Não deve ser nada. Essa mulher não ia estar rodando o mundo se estivesse com a saúde fodida. Você inventa coisa demais – o Marcos tentava, em vão, me acalmar.

Quarenta minutos na sala de espera, e o tal Dr. Milton mandou a gente entrar.

Depois de alguma relutância, o Marcos conseguiu convencer o médico a nos explicar o que significavam aqueles exames de uma pessoa que não era sua paciente nem estava presente em seu consultório. É incrível como, quando o assunto é amor, todo mundo se permite perder um pouco a compostura.

Estava tudo lá. Tudo o que os diários não diziam, escrito em jargão médico. Ana não podia ter filhos. A doença tinha tirado dela essa possibilidade. E tinha também a espada. A tal espada que ela brandia em minha direção, toda vez que eu criticava a vida maluca que ela tinha inventado recentemente. A famosa espada que pairava sobre sua cabeça.

– Ela vai morrer, doutor?

– Vai – Dr. Milton respondeu com frieza. – Como todos nós. Quem entre nós não pode morrer no próximo minuto? – ele perguntou, com ar de espertalhão.

Quis matar o filho da puta nessa hora.

– Mas ela vai morrer daqui a pouco?

– Isso, meu amigo, é uma pergunta a ser feita a Deus, não a mim. O que eu sei é que ela pode morrer velha, bem velha, de uma outra enfermidade qualquer. Como pode morrer amanhã, atropelada. O que esses exames mostram é uma sequela de um caso clínico realmente grave, que pode degenerar e vir a causar a morte dela. Ou não. A diferença entre a sua namorada e qualquer um de nós é que...

– Ela não é minha namorada.

– Cala boca e escuta o Milton, Daniel!

– A diferença entre nós e a sua amiga, é que ela sabe que existe uma possibilidade.

– Remota?

– Pelo quadro dela, sim, talvez. Mas é uma possibilidade. Como você pode sair daqui e tomar um tiro. Também é uma possibilidade.

Ana poderia morrer velha, segundo o Dr. Milton. Ou não. Era uma possibilidade. Como uma roleta – no caso dela, um pouco viciada. Mas quem entre nós não está subjugado aos caprichos da sorte?, pensei. A variante é que Ana tinha conhecimento da sua vulnerabilidade na própria carne. E corria de sua consciência da morte. Como todos nós corremos, inconscientemente, para conseguir acordar todos os dias, tomar café da manhã, trabalhar, fazer planos, escrever livros... Agora eu sabia.

Uma consulta médica, dois aviões, um táxi, um caiaque, outro táxi, um barquinho e uma charrete depois do resultado negativo do exame de gravidez de Verônica, cheguei ao esconderijo de Ana. Se uma enxurrada de exames não tivesse caído na minha cabeça, e um pedaço da estrada não tivesse desabado duas semanas antes, teria sido um pouco mais fácil.

Durante a viagem tive tempo de sobra para pensar na ironia que o destino havia me aprontado. Verônica me ameaçando com sua gravidez falsa de um lado, Ana e sua impossibilidade de ter filhos de outro. O quanto eu rezei para um resultado negativo de Verônica, e a dor profunda que me causava a lembrança das palavras do Dr. Milton: "Ela não pode ter filhos."

Por que Ana nunca tinha me contado nem do filho nem da espada? E por que ela tinha saído da Provence para ir se deprimir no sul da Bahia? Teria a possibilidade da morte se manifestado? Estaria a espada perfurando o crânio de Ana? Ou seu fígado? Era possível que eu estivesse me encaminhando para uma despedida e não para um encontro? Uma descarga elétrica era disparada no meu coração só de pensar nisso. A vida não poderia ser tão cruel comigo. Ou poderia?

As cabanas da pousada eram de pau a pique, com cobertura de folhas de palmeira, feitas por índios. A francesa, gerente da pousada, me ofereceu champanhe e um crepe de boas-vindas. "Crepe é o caralho!, onde está a Ana?", pensei.

Ela estava correndo numa praia deserta, de topless, com um indiozinho e um cachorro ao seu lado – o comercial *roots* de pasta de dentes dos sonhos de qualquer homem. Estava mais magra. Eu tinha me esquecido das pernas longas. Do peito pequeno, nunca esqueci. Tinha esquecido também que ela parece uma menina quando está contente – a Sobremesa.

Minha heroína trágica contemporânea de moral inquebrantável, longe de estar deprimida, fraca ou doente numa cama, pulava no fim de tarde, como se tivesse a idade do indiozinho que girava às gargalhadas em torno dela. Eu esperava uma Marguerite Gautier, branca, tísica e semimorta, e encontrei um girassol.

Ela jogava um graveto no mar, o vira-lata disparava, na velocidade de quem foge da carrocinha, e trazia de volta, as orelhas em pé, o rabo abanando, os olhos esbugalhados de prazer, o graveto todo babado, para Ana atirar mais uma vez. Me vi reproduzido naquele bicho saltitante, que atendia aos seus comandos morrendo de alegria, e também no moleque que orbitava excitado em torno dela. A menina de 11 anos que fugia de mim com a lata de talco na mão tinha me chamado. A essa altura ela já tinha me visto e corria em minha direção. Precisei de mais de vinte anos para ver esse dia chegar.

Ana vinha queimada de sol, salgada, só com a calcinha do biquíni, correndo para mim. Um pensamento idiota ainda me fez olhar para trás, achando que ela poderia estar indo em direção a outro. Mas, desta vez, não. Agora era comigo. Não tinha Nilson com boca de macarrão, Fred, Skuba, Joshua, João. Ana estava correndo para mim.

– Daniel, você veio!

– Achei que ia te encontrar doente... Você tá linda!

– Fui no fundo do poço, Dani, quase morri. Mas quando tava achando que não ia voltar nunca mais, sabe o que eu fiz? Desapeguei. Me desapaguei da dor, acredita?

Eu não sabia o que dizer, o que pensar. Aquele corpo magrinho, moreno, Ana contente, com um sorriso iluminado, bem na minha frente. De onde tiraria voz capaz de dizer qualquer coisa?

Decidi naquele instante que não diria nada a ela sobre os exames, sua saúde, a espada sobre sua cabeça. Nunca. Durasse ela quinze dias ou cinquenta anos, eu jamais revelaria a Ana que conheço o mal que a aflige.

– Não sou essa dor, não vou mais ser, chega!, falei pra mim mesma. E acredita que a dor obedeceu? Foi embora, passou, como se fosse um milagre! A vida inteira, eu só precisava ter feito isso. E só agora consegui. Me curei sozinha, Dani. Não dói mais!

– Eu não vou embora.

– Claro que não! Você vai dar um mergulho comigo. Vem! – Ana me pegou pela mão e foi puxando em direção ao mar.

Na pressa de vê-la, larguei a mala na pousada sem nem pensar em colocar uma sunga. Mas... para que sunga numa praia deserta? Arranquei a roupa, joguei na areia e entrei pelado no mar – como num batismo.

O indiozinho é que não ia se chocar.

Não ouso, com meus parcos recursos de escritor, descrever minha primeira noite com Ana. Seria um crime, uma indignidade. Nenhuma palavra, imagem, metáfora que eu fosse capaz de usar fariam jus ao meu tesão, à minha alegria e muito menos à beleza que era ver e sentir aquela mulher nos meus braços.

Quantas vezes não tinha imaginado tudo aquilo? E nada, nada era como agora. A Sobremesa, a Ana, a minha musa, Ela, em carne e osso, ali, suada, séria, sorrindo, finalmente ao alcance dos olhos, das mãos, da língua, das pernas, do meu pau.

E depois de fazer cada célula do meu corpo vibrar, enrijecer e relaxar, várias vezes, Ana pousou o braço sobre o meu peito, uma perna sobre as minhas, fechou os olhos e dormiu. Como se fosse a coisa mais corriqueira do mundo nós dois ali.

Então, no auge do que poderia ser uma cena clichê das minhas fantasias, ela, dormindo ao meu lado, roncou, baixinho, no meu ouvido. E aí sim, tive a certeza de que havia sido admitido no paraíso.

E assim ficamos, eu e Ana, nus, por dias e dias e, principalmente, por muitas noites.

A cama que tinha acolhido a minha menina triste, agora vivia molhada de suor, os lençóis na varanda, o sol a quarar. Os dias longos, as noites curtas, a vida que ela vivia, agora me incluía, e Ana parecia feliz. Não encontrei nenhum traço da tristeza que me levara até lá. Nem o jugo de nenhuma espada. Também não procurei. Agora eu era o cara. E ela, a minha mulher. Não pensei mais em livro, não pensei mais em nada.

Três semanas depois da minha partida, começaram a chegar notícias de Verônica. Ela me fez saber, por várias fontes, que tinha quebrado seu apartamento todo e havia tentado suicídio – não sem antes, é claro, fazer com que dona Ninfa Maria Padilha, com uma boa pista, viesse a descobri-la em casa, empapuçada de pílulas para dormir. Até uma carta da mãe de santo eu recebi, detalhando as dezenas de motivos de sua inquietação em relação à sua filha destrambelhada. Como sua líder espiritual, imagino que mãe Ninfa devesse mesmo ficar preocupada com essa ovelha negra em seu rebanho. Mas, naquele momento, ovelhas não tinham espaço nem nas minhas noites de insônia. Aliás, insônia? Era como se nunca tivesse existido essa palavra. Eu estava absorvido pelo canto da sereia.

Vale registrar que, meio mobilizado com o esforço que Verônica estava fazendo para chamar a minha atenção, na dúvida se aquilo tudo era cena ou se poderia ser verdade, resolvi tirar a prova dos nove e busquei por Lolla22 na rede. Pelo que eu conhecia de Verônica, podia jurar que encontraria Lolla22 na primeira busca por salas de chat de sacanagem.

Por um momento, fiquei apreensivo. Não havia nem sombra dela, onde quer que eu procurasse na internet.

Até que, lá pelas tantas, numa busca mais refinada em um site obscuro de BDSM, encontrei em Jennie66 um estilo de escrita familiar.

Será? Estaria Verônica atrás do teclado, ávida por um encontro, sob um novo pseudônimo?

Lancei uma isca. Com o codinome Netuno, banquei o dominador experiente, só para me certificar de que não poderia ser ela na ativa novamente, enquanto eu ainda recebia notícias de seu calvário amoroso. Só podia ser coincidência. Não haveria de ser Verônica, na caça, tentando levar uma surra de um desconhecido.

No entanto, previsível como sempre, por trás de Jennie66, lá estava ela. O encadeamento da trama era inconfundível. Verônica continuava voraz, fosse com quem fosse. E ainda não tinha atingido o orgasmo, a pobrezinha. Juro que pensei em procurar Roque motoqueiro na rede e dar um toque nele, como um cupido, de que havia uma mulher quente e gostosa, de carne e osso, por trás de Jennie66, logo ali, num chat BDSM. Mas achei que já havia sacaneado os dois o suficiente e desisti.

Sinto saudade da sensação de poder que eu tinha sobre Verônica. Bastava puxar as cordas e ela dançava. Um telefonema, estou certo, e ela voltaria correndo, pronta para cozinhar, apanhar, amar, casar, ter filhos, qualquer que fosse a minha vontade. No entanto, tenho certeza absoluta de que ela estaria o tempo todo se divertindo muito mais do que eu. Sendo o lado apaixonado da história, tudo para Verônica é festa, mesmo o sofrimento. Enquanto eu, ao seu lado, sou uma espécie de rei estéril, impassível, invulnerável. Gosto desse poder. Mas toda vez que a via, radiante em seu amor, não conseguia me furtar de um sentimento profundo de raiva e inveja. Em nossa história, minha existência sempre teve muito menos graça do que a dela – já que era ela quem sentia, enquanto eu, seco, duro, imperturbável, me deixava entreter por sua ânsia de amor, entre um telefonema e outro de minha musa fugitiva.

De Ana, sou refém. E, atualmente, indefeso, ignorante, sem um caderno que me dê pistas da direção dos seus desejos. Não que ela os tenha abandonado. Encontrei um diário novo, com capa de couro, escondido entre suas roupas, na pousada. Mas como poderia lê-lo agora, sem ser flagrado? E se Ana me pegasse lendo, o que eu poderia dizer em minha defesa? Como me permitir ser descoberto em tamanha fraqueza? Então, sigo à mercê de suas respostas, movimentos, olhares, completamente desarmado. Sempre esperando que me escape por entre os dedos, vigio suas malas na pousada: estão em posição estratégica para partir?

O engraçado é que, quando me percebo nesse lugar ativo do amante, e não do amado, quando me vejo nas mãos de Ana, não gosto. Embora, aparentemente, seja eu nessa dupla quem mais está se divertindo, já que agora sou eu a pessoa que sente. Sim, por todos os átomos do meu corpo, eu sinto, e, ao contrário do que sempre imaginei, sentir é um verdadeiro inferno.

Ana levantou-se da canga e foi dar um mergulho no mar. Me entreguei ao capítulo 5 (Ritual de purificação) de *A marca humana*. Quem poderia imaginar que eu encontraria um Philip Roth abandonado numa estante da pousada em Caraíva? A sorte andava mesmo sorrindo para mim.

Com a cara chafurdada no escudo de letras e papel, enquanto a mulher da minha vida se divertia na água salgada, a alguns passos de mim, mais solar do que nunca, fui sequestrado por pensamentos obscuros.

Natureza difícil essa minha: gosto da ideia da mulher, não suporto sua presença. Gosto do vazio. Gosto de ser só, com a fantasia da mulher que invento. Não qualquer uma, a mais inacessível de todas – Ana. A mesma que, há três semanas, dorme comigo todas as noites.

Agora, nesse momento, o que me resta, além dessa mulher de sonho, em carne e osso, ao meu lado?

Não me entenda mal, caro leitor. A presença de Ana continua sendo a alegria mais verdadeira que já tive na vida. Todas as noites me agarro a ela como se seu corpo fosse a tábua de salvação de um afogado, como uma concha hermeticamente fechada sobre uma pérola, divinamente imperfeita, com a ambição de guardá-la só para mim. Mas... O que fazer comigo e, principalmente, com ela, agora que existe matéria muito antes das palavras?

Ana corre de um lado para o outro, chutando as ondas, linda, viva, palpável, na minha frente. Com cheiro, pernas e peitos reais, que esgotam todas as impossibilidades.

Se família e continuidade fossem toleráveis, Ana seria meu *The End*.

Entra música.

Sobem créditos.

"**O desejo humano de começo, meio e fim** – e de um fim apropriado em magnitude ao início e ao meio – se realiza à perfeição nas tragédias que Coleman ensinava na Faculdade Athena. Mas fora da tragédia clássica do século V a.C., a expectativa de que tudo se complete, quanto mais que chegue a uma consumação justa e perfeita, é uma ilusão ingênua indigna de um adulto."

Eu continuava sentado na areia, avançando na leitura de *A marca humana*, sem prestar muita atenção no que acontecia em suas páginas, até chegar a esse parágrafo. Não sei se acredito em sincronicidade, em Goethe ou em Paulo Coelho, mas definitivamente acredito em Philip Roth.

Ana voltou da água toda alegre e sorridente, se jogou na canga, me deu um beijo na nuca e disse:

– Nunca, nunca, nunca na vida eu vou me casar com você.

– Eu sei.

Ela se deitou ao meu lado e ficou olhando o céu, as gotas salgadas escorrendo do seu corpo, enquanto eu fingia que lia o livro e, escondido atrás das páginas, revia o que vinha pensando até então: no futuro ao lado dela, na casa no interior, nos filhos adotados, no fascínio e no horror que tínhamos de tudo isso, e no que ela tinha dito agora, "Nunca, nunca, nunca". Tudo girando randomicamente na cabeça, sem ir a lugar algum.

– Quem vai ser o primeiro, Daniel? Eu ou você?

– No banho? Não vamos juntos?

– Quem você acha que vai ser o primeiro a inventar uma cenoura mais colorida para correr atrás e fugir? Eu ou você?

– Quer apostar?

– Eu já comecei.

– Eu também.

Larguei o livro.

– Será que quando a gente ficar mais velho? – perguntei.

– Não existe isso, Dani. Daqui a pouco eu já não vou mais ser eu, nem você vai ser você.

– E ainda vamos ser eu e você.

– O que complica mais ainda.

– Foi assim a vida toda, Ana. Nós dois, eu e você, desde criança, desde o século passado. Mudou tudo quinhentas vezes, e mudou o quê?

– Vai ver que é por isso. É certo demais, Dani, eu e você. E a gente é todo errado!

O que dizer diante de uma verdade tão incontestável? Calei-me um pouco, olhei para o céu, respirei fundo e consegui esboçar uma proposta. – E se a gente resolver que vai ser quando e onde a gente puder?

– Adianta resolver alguma coisa?

– Pra mim, agora, ia dar uma mega-aliviada na pressão. Além de eu me sentir bem menos classe média do amor.

– Então tá resolvido: vamos ser aristocratas. Vai ser quando e onde a gente puder. E não se fala mais nisso.

Uma alegria, um alívio e um pesar enorme se abateram sobre mim nesse momento.

Estávamos livres.

Mas... livres de quê? E o mais importante: livres para quê? Ana era minha. Era minha, mas não totalmente. E eu a queria toda. Mas eu não a quero toda. Não aguento viver com Ana nem sem Ana. Quero essa mulher para a vida toda, eu sei. Fui obrigado a saber, ao longo dos anos. Mas não o tempo todo. Eu podia tentar ser gentil comigo e não me perguntar o porquê. Era o que eu ia fazer. Quando e onde a gente puder. E não se pensa mais nisso.

O sol foi descendo na água, cada vez mais rápido, até que os laranjas e rosas foram virando púrpura e preto, sobre uma quantidade indecente de estrelas. A lua nova, o mar já sem horizonte, a espuma branca, só nós dois no mundo. Os mosquitos foram chegando com uma fome nordestina ancestral. Silêncio. Nenhum de nós se moveu. O barulho do mar, o barulho do mar, o barulho do mar e mais nada.

– Você é a mulher da minha vida.

– Eu sei.

– Sempre foi, não tem jeito.

– A gente se ama. Desde sempre. Se eu sei alguma coisa nessa vida, Dani, é que eu não vivo sem você.

Ana se levantou, ajeitou o biquíni na bunda, limpou a areia e pegou a minha mão.

– Vem.

Pela milésima vez, fui atrás dessa mulher, dessa vez, mar adentro.

A água estava quente – bendita Bahia, com o ventilador sempre ligado e essa jacuzzi de novecentos quilômetros de extensão. Ana me abraçou com força, como quem não vai mais largar, o corpo inteiro grudado ao meu, as ondinhas batendo na cintura. Pegou meu rosto e me beijou, um beijo novo, lento, enrolou as pernas no meu corpo, como um polvo, língua, braços, toda ela.

Ficamos parados, dentro d'água, sem sol nem mosquitos. Nunca, em toda a minha vida, senti que ela fosse minha. E sempre achei que nunca ia sentir. Até aquele momento.

Até aquele momento.

Como num milagre, eu tinha aquela mulher, que nunca foi minha e nunca ia ser, inteira para mim, como nunca tinha sido antes. E aquilo me deu um tesão absurdo.

– Não vai ter nada que a gente não queira, Dani. A gente vai conseguir.

Naquela hora, eu, que sempre achei que a vida estava pulsando em qualquer lugar onde eu não estivesse, estava ali. Eu estava dentro d'água, dentro da Ana, na Bahia, dentro de mim. E senti que podia ficar ali até a madrugada, o dia seguinte, o ano seguinte, as mãos enrugadas pelas horas na água, as rugas no rosto dela – da vida toda. Na saúde e na doença, na alegria e na tristeza, enquanto a gente aguentar, sempre que puder suportar, ou mais ou menos, até que alguma coisa nos separe, e nos junte novamente, infinitamente, para sempre, amém.

Quando vi, já estava longe, um velhinho, ao lado dela. Esse maldito vício de nunca estar onde estou.

E então, voltei.

Voltei para onde estava. Caraíva, Bahia, Brasil, Terra, no mar, com Ana. Até quando?

Até o dia em que eu morrer, imagino. De morte morrida ou pelas mãos da Ana, quando ela descobrir os escritos dos seus cadernos, no meio dos meus, num livro – o precário no precário.

Não dizem que o amor é quando dois viram um? Se somos tantos e todos tão cheios de desejos, eu e ela, em que instância poderíamos ser apenas um? Daniel e Ana, um.

Só mesmo num livro isso poderia acontecer.

Estamos presentes.
Antes assim.
Passado tem fim.

09/11/2006
Caraíva – Bahia

Agradecimentos

A Maricotinha, sempre, por tudo.

A Dani e Manu, minha miniturma.

Aaron, por ter me ajudado tanto, quando era fundamental.

João, por me fazer entender a realeza do tempo.

Grazi e Martha, pela interlocução.

Cris, pelas lindas acolhidas em Maceió e tudo o mais.

Marcelo, pela companhia na fazenda Serrinha.

Digo, pela presença constante.

Marianna, por acreditar tanto.

E a Rosana, pela leitura atenta e pela paciência.

Todo o meu amor a vocês.

Impressão e Acabamento:
GRÁFICA STAMPPA LTDA.
Rua João Santana, 44 - Ramos - RJ